Las manos pequeñas

작은 손

Las manos pequeñas

Las manos pequeñas

작은 손

안드레스 바르바 지음 | 성초림 옮김

마르코폴로

목차

한때 이 아이들처럼 밝게 빛나고

또 어둠에 싸인 소녀였던

마리나와 테레사에게

그리고 인형이 완전히 망가져

더는 인간 아기의 모습이 아니었을 때

그때가 되어서야 비로소 아이는

인형과 놀기 시작했다.

익명의 여인, "베를린의 한 여인"[1]

---

1) 2차대전 당시 베를린에 거주하던 한 익명의 여인이 쓴 일기를 펴낸 책. 전쟁으로 인한 민간인
   의 처참한 생활상, 특히 여성이기 때문에 겪는 고통이 적나라하게 묘사되었다. 특히 생존을 위
   해 러시아군의 성적 노리개가 되었던 여성들의 이야기는 1959년 서독 출간 당시 패전의 상흔
   이 아물지 않았던 독일 사회에 큰 파문을 일으켰다. 2008년 동명의 영화가 제작되었다.

| 일러두기 |

1. 이 책은 Andrés Barba의 Las Manos Pequeñas(Barcelona: Anagrama, 2008)를
   우리말로 옮긴 것이다.
2. 본문의 주는 모두 옮긴이의 것이다.

한국어판 서문

우리는 종종 어른인 우리가 어른들의 폭력으로부터 아이들을 보호하기 위해 법과 제도를 만든다고 믿는다. 하지만 많은 경우 표면적으로는 좋은 의도인 것처럼 보여도 실제로 우리가 하는 일이라고는 아이들이 세상을 경험하는 순수한 태도, 때로 참을 수 없을 정도의 그 순수로부터 우리 자신을 보호할 뿐이라고는 생각지 않는다.

이 작은 책은, 결점도 있고 부족하지만, 우리가 많은 경우 어린 시절의 모든 것을 여과할 때 사용하는 달콤한 멜랑콜리나 허구적 노스텔지아를 거치지 않고 그 어릴 적 사랑의 세계에 관해 최후의 결과까지 생각해보려는 시도라고 할 수 있다. 우리 어른들은 아이들을 두려워한다. 아이들은 아무런 보호

장비 없이 살고, 느끼며, 무엇보다도 사랑하기 때문이다. 동심에 관해 우리 스스로가 만들어낸 허구에서 벗어나기는 쉽지 않다. 하지만 가능한 일이다. 이 책 이전에 많은 작가가 이미 그 일을 해냈고 또 이후로도 많은 이들이 그렇게 할 것이다. 나는 콕토와 제임스, 셜리 잭슨과 아고타 크리스토프, 또 폰 호르바트와 츠베타예바에게 부채감을 느낀다. 이들은 문학을 통해 어떤 것을 우리가 원하는 모습으로 그려내려 한다거나 삶이 부여한 적 없는 정의를 부여하려 하지 않고, 현실을 있는 그대로 관찰하는 그 고귀하고도 오랜 전통을 이어온 작가들이다. 그러므로 감사하게도 이 책을 읽어주시는 독자께서는 한 장 한 장을 있는 그대로, 동심에 관한 거대한 사랑의 몸짓으로 이해해 주시면 좋겠다. 그 안에 아무리 많은 폭력이 숨 쉬고 있다고 해도 말이다.

안드레스 바르바, 2024년 봄

Las manos pequeñas

1

아빠는 즉사했고 엄마도 병원에서 죽었다.

마리나가 처음 들은 말은 정확히 이랬다.

"네 아빠는 즉사했고 엄마는 혼수상태야."

뭔가 가득 머금은 도무지 이해할 수 없는 문장. 그 문장의 굴곡진 마디마디 위에는 손을 올려놓을 수도 있다.

"네 아빠는 즉사했고 엄마는 혼수상태야."

입술이 멈추지 않고 문장을 발음한다. 빠르고 건조한 문장이다. 그 말은 예측할 수 없는 수천 가지 다른 모습으로 전혀 예상 밖의 순간에 다가온다. 바닥에 툭 떨어지듯 갑자기 거기 떨어진다. 마리나는 슬픔 없이 그 말을 하는 법을 배웠다. 낯선 사람 앞에서 자기 이름을 말하듯, 내 이름은 마리나고 일곱 살이에요, 라고 말하는 것처럼 "우리 아빠는 즉사했고 엄마도 병원에서 죽었어요"라고 말한다.

입술은 거의 움직이지 않았고, 말을 마치고 난 다음에는 무표정하게 윗입술을 아랫입술보다 살짝 앞으로 내밀었다. 하지만 어떤 표정을 지은 건 아니다. 때로 그 문장은 멀리서부터 아주 느리게 온다. 그럴 때면 마리나가 그 문장을 택한 것이 아니라 그 문장이 마리나를 선택한 것처럼 보인다. 그 말을 하는 건 아주 기이한 방식으로 집에 돌아가는 것과 같다. 집과 집을 구성하는 사물들에게로. 그 말에서는 냄새도 난다. 위로 솟구쳐 주변으로 확장되면서 공기의 농도를 더한다. 사물이 된다. 하지만 영원히 베일에 싸인 사물이다. 그때는 이렇게 말해야 한다.

"우리 아빠는 즉사했어요. 그다음 엄마는 병원에서 죽었고요."

그리고 그 생각을 통해 또 다른 생각, 진짜 생각, 느릿느릿 가까워져 오는 자동차 사고에 관한 기억으로 돌아간다. 그 표면보다 더 연약한 것은 없다. 그보다 더 느리고 더 깨지기 쉬운 것은 아무것도 없다. 먼저 자동차 타이어가 도로 위를 구르는 소리, 해안가 도로의 들릴 듯 말 듯한 파도 소리, 그리고

뒷좌석의 감촉. 처음엔 그 감촉에서 아무런 위협도 느끼지 못했다.

하지만 눈 깜짝할 사이 깨져버렸다. 뭐가? 로직^{Logic}이. 수박이 바닥에 떨어져 박살 나듯 단번에 깨져버렸다. 시작은 마리나가 앉아있던 좌석에 금이 가면서부터였다. 더는 예전의 그 감촉이 아니었고 안전띠는 팽팽하게 당겨졌다. 그 이전, 충돌이 일어나기 한참 전 그렇게 수없이 느꼈던 좌석 시트의 보드라운 감촉, 가느다란 흰색 줄무늬 시트, 그 줄무늬 속 무언가가 순식간에 변해버렸다. 엄마가 아빠에게 말하는 목소리.

"추월하지 말아요."

그리고 바로 거기서 균열이 시작되었다. 좌석에서 시작된 균열은 속도를 높이던 자동차 타이어가 도로 위를 미끄러지며 내지르는 귀가 먹먹한 굉음에 휩싸였다.

충돌은 난폭했다. 자동차는 중앙선 위로 붕 떠올랐고 뒤집힌 채 반대편 차선을 가로질러 갓길에 있던 바위와 충돌했다. 그 모든 장면, 사고 후 넉 달이 지날 때까지도 마리나가 완전히 기억해 낼 수 없었던 그 장면은 모두 속도에서 비롯되었다. 순전히 속도였다. 들여다볼 것도 밝혀낼 것도 없었다.

그리고 또 소리였다. 격렬한 소리. 하지만 사고 자체에서

작은 손

생겨난 소리와는 달랐다. 텅 비어 낱낱이 흩어진 소리, 뻥 터지고는 이내 멀리서 잦아든, 이어지지도 지속되지도 않은 소리, 중앙선 위를 날아 뒤집힌 자동차와 함께 날아가 버린 그 소리.

차는 바닥으로 떨어졌고 순식간에 형체가 변해버렸다. 차는 그렇게 자기만의 공간을 만들었다. 바로 그때가 어느 때보다도 이전의 그 문장으로 돌아가야 하는 순간이었다. 사고를 설명할 수 있는 모든 말 가운데 오로지 그 문장만이 절대 입 밖에 낼 수 없는 말을 들려줄 수 있는 미덕을 가진 듯했다. 모든 말 사이에서 오로지 그 문장만이 너무나 가까이에, 손으로 잡을 수 있는 곳에 있어서 도저히 분별할 수 없는 어떤 것에 그나마 다가갈 수 있게 해주는 것 같았다.

그리고 그 소리 뒤로 고요가 찾아왔다. 그건 소리의 부재가 아니라 고요함이었다. 결핍이나 부정이 아닌 긍정적 형태의 고요함. 바로 얼마 전만 해도 유연하고 민첩했던 것을 다시 단단하게 만드는 고요함, 목에서 느껴지는 쇠 맛, 그리고 갈증.

마리나는 모든 게 멈춰버린 직후부터 갈증을 느꼈던 것을 기억한다. 고요함, 정지 상태, 그리고 마치 그 일부인 양 누그러지지 않던 갈증. 안전띠를 푸는 손길을 느꼈을 때조차도 채워질 수 없었던 갈증. 덩치가 크고 금발로 염색한 여자의 얼굴, 그리고 또 다른 남자의 목소리.

"머리는 건드리지 마. 그대로 둬. 머리는 건드리면 안 돼."

마리나는 말했다.

"물."

"물"이라고 말했다. 사람의 몸이 거의 전부 물로 구성되어 있다는 걸 처음 배웠을 때 생각하게 되는 추상적인 물, 단단한 몸이 된 물.

"애야, 괜찮니? 내 말 들리니?"

머리를 염색한 덩치 큰 여자가 손에 물병을 들고 몸을 조금 더 기울였다. 마리나는 여자의 머리카락 한 올 한 올, 금발 염색 머리가 자라 검게 드러난 머리 뿌리를 볼 수 있었다. 하지만 마리나 속에는 그 어느 것도, 마시라고 건네는 물도, 잇몸에 고인 피의 금속성 맛도, 덩치 큰 여자의 검은색 머리 뿌리도, 그 어느 것도 자리 잡지 않았다. 몸속이 온통 진흙인 것 같았다. 몸안의 모든 게 형태도 없이 보드랍고 미끄러운 그 무엇이 된 느낌.

"다친 데는 팔이야. 머리는 괜찮은 거 같아."

대화는 이제 거의 무음 처리된 듯 들려왔다. 손 하나가 목덜미를 쓰다듬더니 천천히 등으로 내려가는 게 느껴졌다. 다른 남자였다. 손이 어마어마하게 컸다. 원한다면 당장이라도 마리나를 두 쪽 낼 수 있을 만큼 큰 손. 하지만 아주 섬세했다.

"호흡기는 막히지 않았어."

"얘야, 이름이 뭐니?"

"마리나."

"움직일 수 있겠니, 마리나?"

"네."

"몸을 이쪽 들것 위로 기울여볼래?"

두 팔이 마리나를 들어 올렸을 때 처음 통증을 느꼈다. 몸통 전체가 찌릿 감전된 느낌. 그러나 그 느낌은 즉시 사라졌고 갈증과 마찬가지로 그대로 가라앉았다. 왼쪽 팔을 움직일 수가 없었다.

"이 하얀 게 뭐예요?"

"네 갈비뼈야."

그리고 몸을 구부렸을 때 처음으로 상처가 얼마나 심한지 보았다. 한쪽 팔이 움직이지 않고 살은 찢겨 나갔다. 살이 깨끗하게 잘려 나가 피부가 베일처럼 드리운 속으로 갈비뼈가 보였다. 이제 그 베일을 닫아줄 말, 막 사라지려는 그 말에게로 은밀히 다가가야 했다.

"마리나, 네 아빠는 사고에서 돌아가셨고 엄마도 방금 돌아가셨어."

옆에서 그들은 마리나의 발작에 대비하고 있었다. 하지만 예상했던 발작은 일어나지 않았다. 마리나는 여전히 그 문장을 바라보고만 있었다. 병실 이편 끝에서 저편으로 날아간 그 문장을 제트기가 남긴 새하얀 항적인 양 눈으로 좇고 있었다. 아이는 눈물을 흘리지도, 울지도 않고 아무런 반응도 없다. 세 사람이었다. 여자 둘에 남자 하나, 하얀 가운에 검은 구두를 신고 팔다리가 있는 세 사람. 마리나가 아는 모든 어른이 가지고 있는 환상적이고 마법에 가까운 능력이 있는 사람들. 하지만 이 사람들에게는 마법으로 통하는 길을 완전히 막아버리는 뭔가가 있었다. 바로 마리나가 그 문장을 이해하기를 기대한다는 것이다. 그런데 아이는 울부짖지도, 눈물을 흘리지도 않고 아무런 반응도 보이지 않는다. 아이는 여전히 그 문장의 주변부에 살고 있다. 어쩌면 아이의 풍부한 상상력이 무언가를 여전히 분리해 두고 있어 절대 합체되지 않는지도 몰랐다. 그 문장은 여전히 세련되고 깔끔하고 피상적이다. 어른들의 검은 구두처럼.

"우리가 지금 한 말 이해하겠니?"

"네."

"네 부모님이 돌아가셨다고 말한 거야."

"네."

"두 분 모두."

"네."

"네"라고 말해야 했다. 언제나, "네." 구두처럼 피상적이고도 세련된 바로 그 말, "네." 숫자와 말, "네." 고요함, 그리고 소리, "네." 언어에서 떨어져나온, 언어 이전의 외롭고 순수하고 청정한 그 단어, "네."

✦

잠에서 깨어난 마리나는 아직 뭔가 해야 할 일이 남은 느낌이었다. 매일 아침저녁으로 찾아오는 의사들 앞에서 의무를 다하지 못한 것 같은 느낌. 사람이라면 으레 울부짖으며 발을 동동 구르고 고통스러워해야 한다는 의무감이었을까. 두 달간의 회복기 동안 마리나는 욕조에 들어가듯 그렇게 사람들의 시선 속으로 빨려 들어가곤 했다. 부모님의 부재를 느끼는 건 의사들이 회진을 돌려고 하는 바로 그 순간뿐이었다. 하지만 그것도 아주 추상적인 느낌이라서 겉으로 표현할 수가 없었다. 어떤 문장 하나를 이제 막 이해하려다가 결국에는 이해하지 못하고 마는 사람 같았다. 침대 시트 위, 상담심리사 선생님이 그리라고 했던 집 그림 위에 손을 얹어두었다. 그건 어떤 몸짓은 아니었다. 손을 그 위에 떨궈두는 것은 팔뚝이 느끼는 무거운 통증을 종이 위, 집과 산과 나무 그리고 그 위의 태양과 몽실몽실한 구름 옆에 머물게 하려는 것이었다.

"집을 아주 잘 그리는구나."

"내가 잘 그리는 건 나무예요."

"어떻게 그리는 건지 가르쳐줄 수 있니?"

"먼저 굵은 몸통을 그리고요. 그다음 위쪽 세 군데를 뾰족하게 그려요. 그리고 전부 갈색으로 칠한 다음 연두색으로 잎을 그리면 돼요."

"그래?"

"네, 그런데 좀 살살 칠해야 해요. 난 아주 많이 그려봤어요. 그래서 잘하는 거예요."

"여기 내가 뭘 가져왔는지 좀 보렴. 인형이야."

상담심리사 선생님이 말했다.

인형은 작고 단단했다. 상담심리사 선생님이 선물을 건네자마자 마리나는 단번에 작은 소녀 아이가 되어버렸다.

처음엔 정말로 황홀했다. 인형의 크게 뜬 두 눈은 플라스틱이었는데도 말할 수 없이 애처로웠고, 또 저절로 뜨고 감겼다. 인형의 눈을 감기려면 눕히고 이렇게 말해야 했다.

"이제 자는 거야, 인형아. 자는 거야, 알았지? 밤이니까 자야 해. 그리고 피곤하잖아, 그러니까 자야 해, 인형아."

거기, 침대에 누운 인형.

인형은 한 번 또 한 번 반복해서 자기 팔을 들어 올려주기를, 자신을 높이 들어 올려주기를 언제나 기다렸다. 지난 과거가 작아지기를, 외로움도 작아지기를 기다렸다. 인형 손 하나에는 손가락이 세 개. 연두색 원피스. 붉게 칠한 입술은 미소를 짓고 있다. 다리는 굽힐 수 없었다. 인형은 마리나의 손에 이끌려 침대에서 작은 탁자 위로, 포근한 굴속 같은 욕실에서 끝없는 미래가 펼쳐진 창문가로 가뿐하게 날아다녔다. 하루는 마리나가 말했다.

"네 이름은 나랑 같아, 마리나."

갑자기 무슨 계시라도 받은 듯, "네 이름은 마리나야."

그런데 마리나가 그 인형처럼 갈수록 기억이 줄어든다면,

기억이 점점 사라져 아무것도 기억하지 못하게 된다면?

"네 이름은 나랑 같아."

그건 인형만이 거짓말하지 않았기 때문이었다. 오직 인형만이 기나긴 삶의 한가운데 놓인 듯 평온했다. 인형은 다른 모든 이와 달라 보였다. 인형 위를 흐르는 시간은 늘 깨어 있었다. 예지력을 가진 선지자라도 되는 듯 속눈썹이 없는 그 두 눈(눈은 이미 깨져서 눕혀도 감기지 않았다)은 늘 깨어 있었다.

"인형아, 이젠 언제나 깨어 있구나. 망가졌어, 너는."

하지만 완전히 망가진 것은 아니었다. 가까이 들여다보면 절대 보이지 않던 것들이 보였다. 바로 인형의 피부였다. 진짜 같은 피부. 귀와 입술의 정교한 굴곡, 플라스틱이 접히는 부분, 가까이서 들여다보면 진짜 같은, 진짜라고 하기에 너무나 사실적인 그 피부에 마리나는 마음을 온통 빼앗기곤 했다. 인형의 얼굴을 자기 얼굴에 바싹 갖다 대고 혀를 내밀어 두 눈을 핥아보았다.

"이제 더 잘 보이지?"

그러면 인형은 언제나 과거, 현재, 미래를 더 잘 볼 수 있었다. 거리를 지나는 사람들을 볼 수 있도록 인형을 며칠이고 창문턱에 앉혀 둔다면 어떻게 될까? 간단한 일이다. 모든 걸 알게 되겠지. 점점 더 커져서 마리나의 어깨 흉터처럼 인형 등에 바느질 자국이 터져버릴 테고, 그러면 누군가 작은 검은색 가위를 가져와 실밥을 하나하나 뜯어야 할 것이다.

병원을 떠나야 할 날이 가까웠다. 일주일 전 상담심리사 선생님이 그 소식을 알려주었다. 하지만 그 이상은 어떤 정보도 주지 않았다. 곧 떠나게 된다. 어디로? 그건 몰랐다. 어떤 섬으로, 어떤 산으로, 바다로, 아니 그냥 바다가 아니라 어떤 바다로. 모든 말 앞에 '어떤'이라는 말이 붙었다. 이미 존재하는 '어떤' 장소. 마리나가 두려워하는 것은 떠난다는 사실 그 자체가 아니었다. 미리 생각하고 또 생각해서 상상으로 채워버린, 실체를 알 수 없는 그 '어떤' 장소가 두려웠다. 어느 날 마리나가 상담심리사 선생님에게 물었다.

"난 어디로 가나요?"

"보육원으로 간단다."

하지만 그 말은 여전히 마리나에게 아무런 의미가 없었다.

의사 선생님들도 작별 인사를 했다. 세 명의 의사 선생님은 각각 마지막으로 마리나에게 팔을 들어 올려보라고 하고 이런저런 자세를 취하게 한 다음 아픈지 물었다. 각각 흰 가운을 입고 와서 똑같이 마리나에게 아주 예쁘다고 말하고, 셋

이 똑같이 인형극 인형처럼 미소를 지은 다음 서둘러 가버렸다. 할 일이 많았기 때문이다.

"새집에 가서 다른 여자아이들이랑 함께 살게 될 거야. 두고 보렴. 아주 예쁜 곳이란다." 상담심리사 선생님이 말했다.

"엄마 아빠 없이요?"

"그래, 하지만 아주 예쁜 곳이야. 두고 보렴."

그리고 잠시 후 상담심리사 선생님은 사라져 버렸다.

마리나는 오줌을 쌌다. 시큼한 냄새를 풍기는 뜨거운 오줌 줄기가 다리를 타고 신발까지 흘러내렸다. 부끄러움 역시 뜨거웠다. 검고 단단한 덩어리 같은, 피할 수 없는 부끄러움. 마리나는 그 뜨거운 부끄러움에 사로잡혀 울음을 터뜨렸다. 상담심리사 선생님이 돌아왔을 때 마리나의 얼굴은 지독한 공포를 느낀 사람처럼 보였다. 마리나를 달래주고 싶었던 선생님은 마리나의 등에 손을 얹었다. 하지만 자신이 방금 했던 말, 침통한 뉴스 속보 같던 그 말처럼, 그 손에는 아무런 확신도 없었다.

"이것 보렴, 초콜릿 가져왔어. 이런... 오줌 쌌니?"

그렇다고 대답하는 것은 너무나 치욕적이었을 것이다. 그래서 마리나는 대답하지 않았다.

"울지마, 이리 오렴. 옷 갈아입자."

하지만 부끄러움은 뽀송뽀송한 팬티로도 가라앉지 않았다. 그 부끄러움에는 탄력성이 있어 자동차 바퀴 아래 해안도로가 만들어내던 그 소리처럼 길게 늘어졌다.

보육원을 미리 상상해 보기는 어려웠다. 어떻게 하는 건지 알 수 없었다. 상상할 수 없다 보니 이런저런 장면들이 숨을 거칠게 몰아쉬며 마구 뒤섞여 튀어나오곤 했다. 그걸 잠재우느라 조용히 인형을 바라봐야 했다. 누군가 마리나의 집으로 가 대충 짐을 꾸려왔다. 트렁크 속에는 겨울옷과 여름옷이 뒤죽박죽 섞여 있었다.

자동차가 보육원 입구에 정차했을 때 마리나는 뺨이 달아오르는 걸 느꼈다.

"예쁜 곳이지? 그렇지?"

그 말은 사실이었다.

"네, 예뻐요."

하지만 뭔가 더 있었다. 그곳은 또 거만해 보였다. 건물은 이상스러울 만치 성급하게 솟아오른 듯했다. 마치 운동장 위에 또 다른 운동장이 있기라도 한 듯, 건물 바닥 위 허공 가운데 누군가 그림을 그려놓은 듯, 창문과 문 각각의 가장자리에 가늘고 검은 선을 덧칠해서 풍경 속 그 집이 도드라져 보이게 만든 것 같았다.

"정말 크구나."

상담심리사 선생님이 말했다.

운동장을 본 마리나는 뱃속까지 애처로움을 느꼈다. 다정하다고 할까, 아주 가깝게 느껴지는 그런 감정이었다. 그 안에 뿌리를 내릴 수는 없겠지만 사랑할 수 있을 것만 같은 그런 애처로움이었다. 하지만 건물에 대해서는 두려움이 느껴졌다. 마리나와 건물, 이 둘은 어떤 비이성적인 폭군의 횡포를 피하지 못하고 겪어낼 운명인 것만 같았다. 보육원으로 들어오는 자동차들이 통과하는 철책 문에서 건물에 이르는 좁은 길은 포장되어 있었지만, 성녀 안나 동상[2]을 둘러싼 나무들과 풀뿌리 때문에 온통 금이 가 있었다. 처음 보았을 때 동상은 온화하게 마음을 달래주는 듯했다. 가느다란 두 팔을 벌려 엄마의 품으로 맞아들이는 모습이었다. 하지만 검은색 그 팔은 피할 수 없는 힘을 가진 듯했다. 가까이 다가가서야 제대로 알아볼 수 있었던 그 동상의 얼굴은 어린 여자아이에 가까운 모습이었다. 동상 전체에서 풍기는 노인의 풍모, 그 검

---

2) 성모 마리아의 어머니. 성(聖) 가족을 이끌고 어린 마리아를 신앙으로 교육하는 어머니상을 상징함.

은색이 어린아이의 표정을 거부하는 것만 같았다. 검은색, 어린아이 얼굴을 한 노인.

그날 보육원에는 아무도 없었다. 아이들은 모두 현장학습을 떠났고 다음 날까지 돌아오지 않는다고 했다. 원장님은 갈색 치마에 금장 버클이 달린 검은 구두를 신고 있었다. 말할 때 입술을 거의 움직이지 않았음에도 불구하고 항상 미소 짓고 있다는 인상을 주었다.

"네가 마리나로구나, 그렇지?"

"네."

"내가 원장이란다. 내 이름은 마리벨. 그런데 너 정말 예쁘구나, 마리나."

그때 그 "예쁘다"는 말의 울림은 이상했다. 마치 둘로 쪼개진 것만 같았다. 그러자 이후 원장 선생님이 하는 모든 말은 쪼개진 그 말의 마법에 걸리고 말았다. 침실, 복도, 교실, 식당, 욕실, 옷장, 입구에 세워진 빨강 머리 어릿광대. 광대의 배에는 다음과 같이 쓰인 칠판이 걸려있었다.

내일은 콜라 데 카바요로 현장학습 가는 날

다른 아이들이 없는 걸 보면, 아무도 없는 걸 보면, 그 내일이 바로 오늘이었다. 그 모든 것들이 "예쁘다"는 말에 본래의 의미를 돌려주기 위해 음모를 꾸미고 있었다. 그래서 마리나는 식당이 "예쁘다", 교실도 "예쁘다", 또 줄지어 늘어선 침대도 그렇다고 말하고 싶은 충동을 느꼈다. "예쁘다"는 말은 모든 걸 빨아들이는 거대한 구멍이었다.

저녁 식사로는 샐러드와 크로켓 두 개 그리고 배 하나가 나왔다. 식사하는 동안 원장 선생님은 수업과 놀이 그리고 다른 여자아이들에 관해 이야기했다. 목록을 외우듯 아이들 이름을 줄줄이 외워댔다. 그 이름들 속에 아직 아이들은 없었다.

"네가 아주 착하다고 그러더구나."

저녁 식사를 마칠 무렵 원장 선생님이 말했다.

그 말을 들은 마리나는 행복했다. 말의 의미를 알고 있었기 때문이다. 그 말의 소리와 결이 낯설지 않았다. 그 말을 들은 후로 마리나는 자기 몸이 빈 접시와 깨어질지도 모르는 물병 위에 올올이 다시 나타나는 것을 가만히 바라보았다.

"네, 저는 착해요."

"오늘은 일찍 잠자리에 들 거야. 내일 아이들이 돌아오니까 오늘은 푹 쉬어야지."

상담심리사 선생님과 원장 선생님은 마리나를 다시 방으로 데려가 재빨리 옷을 벗겼다. 마리나는 말없이 침대 속으로 들어갔다. 원장 선생님이 말했다.

"잠들려면 어떻게 해야 하는지 알고 있니? 저 붉은 빛이 파랗게 될 때까지 천천히, 숨을 한 번 쉴 때마다 숫자를 세는 거야…."

나무 옷장과 옷장의 맨 위 서랍들에 색색으로 그려진 아이들의 이름이 마리나의 마음을 온전히 빼앗았다. 디아나, 마르셀라, 훌리아, 사라, 마리나, 아나, 모니카, 테레사, 라켈, 셀리아, 팔로마, 이레네.

마리나는 침대에서 일어나 그 이름들 위에 손을 얹어보았다. 이 아이들 이름처럼 마리나의 이름도 색깔을 칠해 또 다른 서랍에 꽂아두게 될까?

최대한 빨리 아이들의 이름을 전부 읽어 보았다.

디아나마르셀라훌리아사라마리나아나모니카테레사라켈셀리아팔로마이레네.

Las manos pequeñas

2

예전에 이곳은 즐거운 곳이었고 우리 역시 즐거웠다. 전에는 우리에게 '이런저런 것을 해'라고 말하면 우리는 그것을 했다. 손을 움직여 그림을 그렸고, 웃었다. 사람들은 이곳을 신실하고 매력적인 곳이라고 했다. 우리의 눈에는 자부심이 깃들어 있었고 우리 손은 억셌다. 그러나 사람들은 우리를 그저 아이들이라고만 생각했다.

전에 우리는 운동장의 무화과나무를 만지며 말하곤 했었다.

"이건 성이야."

검은색 동상까지 걸어가 말하곤 했었다.

"이건 악마야."

그리고 나서 보육원 건물 앞으로 돌아와 말하곤 했다.

"이건 산이야."

거기엔 그 세 가지가 있었다. 성과 악마와 산. 우리는 그 삼각형 안에서만 놀 수 있었다.

그리고 복도에는 거울이 있었다.

또 우리의 여름옷도.

또 시트를 갈아 끼워 향긋한 냄새가 나는 침대 속으로 들어가며 행복했던 그 밤도.

또 점심에 산하코보[3]가 나오던 날들.

그때 우리는 마치 한 입으로 똑같이 등심살을 먹는 것 같았고 모두의 치즈가 똑같은 치즈 같았으며 살짝 녹아든 영양이 풍부한 그 치즈가 모두에게 똑같은 맛을 내는 것만 같았다. 치즈 역시 행복했다. 하지만 그 후에는 수업이 있었고 시간은 느리게 흘렀다. 점심 식사와 수업 사이, 또 이후 수업과 휴식 사이의 시간은 점점 느리게 흘러 공중에 매달려 있는 것처럼 느껴졌다.

수업이 끝나면 우리는 언제나 노는 걸 좋아했다. 줄넘기 줄이 둔탁한 소리를 내며 모래밭을 때릴 때 우리는 노래를 불렀다. 줄 안으로 들어가려면 줄의 움직임에 주의를 집중하고

---

3) 얇게 저민 하몬과 등심 그리고 치즈에 달걀물을 입히고 빵가루에 묻혀 튀긴 음식. 주로 어린이들 식사용.

속도를 미리 계산한 다음 노래의 후렴구에 리듬을 맞춰야 했다. 일단 줄 안으로 들어가면 온몸이 밖에 노출된 듯 팽팽하게 긴장했다. 줄이 한 번 바닥을 칠 때마다 그 줄이 입이나 아니면 배 속의 위장을 후려치는 듯했다. 줄이 한 번 바닥을 치는 것은 즉시, 아주 빠르게 세상을 한 번 도는 것과 마찬가지였고 그건 그대로 받아들여야만 했다. 그리고 또 술래잡기할 때면 우리는 나무 뒤에 몸을 웅크렸다. 그러면 우리는 정말 나무로 변해버리곤 했다. 움직이지 않으면 보이지 않았으니까. 운동장의 굵은 모래알이 무릎에 박히는 걸 느끼면서 거기 무릎을 꿇고 가만히 있어야 했다. 나중에 보면 피부에 모래알 자국이 남아 있었다. 그러다 자신의 이름이 불리면 얼른 뛰어나와야 했다. 그래야 살 수 있었다. 참 이상한 말이었다. 살 수 있다니.

어느 오후 어른이 우리에게 말했다.

"새로운 아이가 올 거야. 겁먹을 거 없어."

그건 틀린 말이다. 우리는 처음엔 겁먹지 않았었다.

마리나가 아직 오지 않았을 때, 처음에, 우리는 먼저 그 아이에 대해 짐작하기 시작했다.

그것 말고는 달리 사랑하는 방법을 몰랐다.

그 아이를 위한 자리를 마련하면서 우리는 한껏 펼친 상상의 나래 속에 나타난 그 아이의 모습을 사랑했다. 누군가는 그 아이가 키가 클 거라고 했고 또 누군가는 우리만 한 아이일 거라고 했다. 누군가는 예쁠 거라고 했고 또 누군가는 아니라고 했다. 바로 거기, 그 지점에서 마리나는 이미 첫 번째 승리를 거두었다. 우리는 이제 더 이상 똑같지 않았다. 잘 길들여졌던 우리, 서로의 몸에 어떤 차이가 있는지 몰랐던 우리, 똑같은 것을 원했던 우리가 이제 더는 똑같지 않았다. 갑자기 알지 못하는 손이 개입해 서로를 낯설어하게 되었다. 순식간에 뭔가가 두 동강 나버렸는데 그건 바로 믿음이었다. 아주 짧은 시간 동안 우리 모두 많은 걸 배운 것 같은 느낌이었다. 그 깨달음은 슬펐다. 곱셈표나, 'g'와 'j'를 구분하는 일이나 자연 과목 교과서와는 달랐다. 원장 선생님과 어른들이 사는 위층 계단으로부터 강물처럼 흘러내린 그 깨달음은 우리에게 상처를 주었다.

왜 이게 더는 재미 없을까?

"들의 콩깍지는 깐 콩깍지인가 안 깐 콩깍지인가. 깐 콩깍지면 어떻고 안 깐 콩깍지면 어떠냐. 깐 콩깍지나 안 깐 콩깍지나 콩깍지는 다 콩깍지인데."

이제 거기엔 리듬도 없고, 콩깍지도 없었다. 오로지 마리나를 미리 그려보는 것, 그것만 남은 지금 그 헤아림이 두렵기까지 했다.

그 후 어느 날 정말로 마리나가 왔다.

현장학습에서 돌아오는 길에 정말로 기적이 일어났다. 그 애는 하나도 특별하지 않았다. 문이 열리고 그 사이로 까무잡잡하고 예쁘장한, 그렇다고 너무 예쁘지도 않은 여자아이가 나타났다. 두 손을 옆으로 늘어트린 그 아이의 구두는 우리 구두와 달랐다. 성녀 안나 동상을 본떠 잘라낸 것 같은, 그 동상만큼이나 새카만 아이. 말 한마디 하지 않고 웃지도 않는 그 아이는 한 손에는 인형을, 다른 손에는 막대기를 들고 있었다. 너무나 가까이에 우리같이 생긴, 키가 딱 우리만한 그 애가 있었다.

"얘는 마리나란다."

어른들이 말했다.

하지만 그 애의 눈빛은 달랐다. 어두운 시선이었다. 그 애를 어떻게 설명할 수 있을까? "우리가 마리나를 처음 보았을 때 그 애는 이랬어"라고 어떻게 말할 수 있을까? 나중에 참다 지친 누군가가 그 애에 관해 설명하기 시작한다면 계속 기억을 돌이켜 좀 더 분명히 설명하려고 애쓰게 될 것이고, 결국 자기가 말한 것 중에 분명한 것은 하나도 없다는 걸 깨달을 테고, 그 애의 깊은 속은 볼 수 없었다는 느낌만이 분명하게 남을 것이다.

그 애는 항상 경계 태세를 취했다.

생각에 잠길 때면 그 애의 눈은 더 작아졌다. 마치 그 작은 두 눈 속에 틀어박혀 거기에서 생각을 먹고 사는 것 같았다. 그러다가 자리에서 일어났을 때는 물건들을 손으로 훑으면서 무거운 걸음으로, 그러나 이제 곧 무엇에 부딪혀 날아오를 듯 앞으로 나아갔다.

"이 애를 어떡해야 할지 모르겠어."

어른은 말했다.

우리도 우리의 사랑을, 그 무거운 것을 어떡해야 할지 알지 못했다.

사랑은 다시 돌아오지 않을 것 같던 순간에 갑자기 우리 안으로 숨어들곤 했다. 갑자기, 순식간에, 그곳에 자리를 잡았다. 책을 베껴 쓰다가 갑자기 줄이 삐뚤어졌다거나, 단어를 하나 빼먹었다는 사실을 깨닫곤 했다. 또 잉크를 흘려 얼룩을 만들거나 팔꿈치로 책장의 끄트머리를 더럽히거나 구겼다.

그리고 마리나는 그런 실수들을 지켜보았다.

그 애 주위에 있는 모든 것들은 오염되었다. 우리도 마찬가지였다.

하지만 쉬는 시간이 되어 운동장으로 나가면 모든 게 바뀌었다. 마리나는 더 작아지고 우리는 더 커졌다. 마리나는 혼자 인형을 손에 들고 성녀 안나의 동상 옆에서 우리를 바라보고 있었다. 아니면 우리를 바라보던 게 인형이었던가? 인형은 실제로 누구였을까? 때로 인형의 시선도 마리나 같았다. 영혼이 굶주린 듯한 눈빛. 꽉 움켜쥔 두 손을 몸에 찰싹 붙인 채 놀자고 해도 입을 다물고 고개를 앞뒤로 움직였다. 그때까지 우리는 인형이 그런 걸 할 수 있다는 걸 몰랐다. 인형은 또 쫓기고 있거나 추방당한 것처럼 보였다. 위에서 내려다보면, 그러니까 바닥에 눕히면 인형은 작은 여자아이 같고 우리는 어른 같았다. 그래서 우리는 우리가 약간 어른이라고 생각했다. 그 작은 머리는 거의 보이지 않아서 얼굴을 보려면 인형을 들어올려야 했다. 심지어는 인형의 얼굴마저도 우리 얼굴과 같았다. 하지만 깜짝 놀란 것처럼 경계심을 가득 품고 있었다.

"눈이 망가졌어. 그래서 감을 수가 없어. 눈이 보이게 하려면 핥아줘야 해. 안 그러면 못 봐."

마리나가 인형을 내밀었다. 그 애가 처음으로 한 말이었다. 우리는 혀를 내밀어 유리 눈알의 차가운 촉감을 혀끝으로 느꼈다. 그 말은 사실이었다. 그제야 인형은 볼 수 있었다. 볼 수 있는 눈은 그렇게 생긴 것 아닌가? 크게 뜬 파란 눈, 헤아릴 수 없이 깊은 그 눈. 그런데 만일 인형이 갑자기 말을 한다면? 어른들은 깜짝 놀라겠지. 하지만 우리는 아니야. 쉽사리 사랑할 것만 같은 그 작은 생명체. 갑자기 모든 게 인형을 통해 우리에게로 왔다. 그 순진함까지도. 왜냐하면 우리는 인형과 닮았고 또 인형은 우리를 닮았기 때문이었다. "예쁘다. 우리는 그 인형이 좋아."라고 말했다 한들 무슨 소용이 있었을까.

그리고 모든 건 마리나가 왔기 때문이었다.

아침 시간의 샤워도 마찬가지였다.

전에 우리는 세면대 옆에 줄지어 서 있었다. 먼저 이를 닦고 옷을 벗은 다음 각자 걸상 위에 옷을 걸어두었다. 뜨거운 물의 수증기도 샴푸도 다 즐거웠다. 언제나 장난칠 거리가 있었다. 그런데 물에 들어가 있을 때는 달랐다. 각자 모든 걸 잊고 그 기쁨 속에서 약간 혼자인 것처럼 느꼈다. 마치 거기 버려진 것처럼. 등과 다리에 비누질하는 손을 느꼈다. 보이지 않는 손이었다. 비누 거품이 들어가지 않도록 눈을 감고 있었기 때문이었다.

그걸 처음 본 게 누구인지는 모른다. 정말로 그걸 봤는지도 확실치 않다. 마리나의 흉터 말이다. 마리나가 숨기려고 들지 않은 그 흉터로부터 우리는 스스로 방어해야만 했다. 갑자기 우리는 그걸 보고 있는 서로를 보게 되었다. 여러 사물 가운데 우리 자신을 보았고, 다른 아이들 사이에서 그 애를 보았고, 그 애의 등을 보았고, 그 애가 걷는 것을 보았고, 그 애의 두 눈, 그 애의 얼굴을 어떤 확실치 않은 두려움의 감정으로 바라보았다.

비교하는 것을 몰랐을 때는 슬픔을 알지 못했었다.

모든 건 거기에서 시작되었다, 어떤 균열처럼, 바로 그 흉터로부터.

우리는 우리 자신을 보았고 우리의 몸과 같지 않은 그 몸 앞에서 마치 벌거벗고 있는 것처럼 느꼈다. 처음으로 누군가는 자신이 뚱뚱하거나 못생겼다고 느꼈는데, 그건 바로 자기 몸이고 그 몸은 바꿀 수 없다는 것을 느꼈다. 마리나가 우리 앞에 나타난 것처럼 우리도 우리 자신 앞에 나타났다. 이 손, 이 다리. 이제 우리는 우리가 이랬었다는 걸, 그리고 그걸 피

할 수 없다는 걸 알게 되었다. 이런 발견 앞에 우리는 아무것
도 할 수 없었다. 아무짝에도 쓸모없는 발견이었다. 그 애가
다가왔을 때 우리는 서로에게 바싹 다가섰다. 그 애를 만지는
것이 두려웠다.

"왜들 그러니?"

어른이 물었다.

그 애가 우리를 바라보고 있었다. 그 애가 너무 가까이 있
었다. 그 애는 말하는 것 같았다.

"내 비밀은 내 것이야. 내 비밀은 내 것이야."

"너희들 오늘 왜들 그러는지 말해주지 않겠니?"

어른들이 물었다.

하지만 마리나는 반응하지 않았다. 가까이 오지 않았다.
참을성 있게 그 자리에 머물렀다. 어른들이 그렇게 말할 때는
눈도 감았다. 우리는 그 애의 머리칼에서 비누 거품이 미끄러
져 몸을 지나 발아래로 내려가는 것을 보았다. 그리고 그 거
품이 배수구로 내려가며 만들어 내는 동글뱅이와 그 애 몸에
서 물기를 닦아내는 수건을 바라보았다.

마리나가 처음 발견한 것 중 하나는 모두의 신발이 똑같이 생겼다는 것이었다. 코가 둥근 검정 구두였다. 아이들 얼굴은 모두 심하게 햇볕에 그을려 새카맸다. 아이들의 옷은 또 모두 너무 밝은색이었다.

　햇살과 바람이 아이들의 옷과 손 사이를 떠다녔고 아이들은 장난감을 너무 세게 쥐고 있었으며 뭔가 어린애다운 모습은 모두 사라지고 없었는데 그런데도 아이들의 얼굴은 여전히 순진해 보였다. 마치 얼굴보다 몸이 조숙하게 발달한 듯, 아니면 얼굴이 뒤늦게 성장해서 몸보다 한 발짝 뒤에 따라오며 크는 것 같았다.

　어쩌면 그래서 아이들을 구별하기가 그렇게 어려웠는지

도 모른다.

마리나는 아이들의 구두에서부터 시작해서 위로 시선을 옮겼다. 위로 올라가면서는 그래도 차이를 느낄 수 있었다. 종아리가 좀 더 굵다든지, 다리가 좀 더 가늘다든지. 하지만 얼굴에 시선이 가닿을 때면 중간에 착각했다는 느낌이 들었다. 두 눈으로 훑고 올라간 다리는 마침내 시선이 가닿은 얼굴에 속하는 것이 아니라 절대 나타나지 않는, 그러나 그 존재만은 분명 느낄 수 있는 더 검은 다른 얼굴, 하나의 공통된 얼굴에 속하는 것이었다. 그중 하나가 다가와 자기 이름이 디아나라고 말한들 무슨 소용이 있었을까. 그 애는 사라일 수도 있고, 훌리아, 마르셀라일 수도 있었다. 그런데 기적적인 것은 그 애들이 움직인다는 것이었다. 그 애들을 생각하면 깜짝 놀라 할 말을 영영 잃은 모습이 떠올랐다. 그 애들은 어쩌면 나중에, 마리나가 그 애들에게서 시선을 거두고 인형에게로 몸을 굽힐 때, 그때 서로 구별되는 다른 모습으로 바뀌는지도 몰랐다. 수업 시간이면 마리나는 그 애들의 등을 바라보았다. 한 아이의 팔에서 시작해서 다른 아이의 머리로, 발과 치마들과 손가락들 사이를 건너뛰어 어떤 가상의 모습을 만들어 갔다. 그 가상의 모습은 그 자리에 아주 잠시 머물렀다가는 금세 사라지곤 했다. 그러고는 갑자기 밤이 되고 아이들은 저녁 식사를 했다.

잠들었을 때 아이들의 모습은 달랐다.

모두 다 같이 깜박 잠이 든 조랑말 무리 같았다. 얼굴 속 무언가가 느슨해지면서 사랑스러운 모습이 되었다. 아이들은 엄청난 인내심을 가지고 잠들어 있는 듯했다. 그럴 때면 마치 유화를 보는 것처럼 그 얼굴들 속에서 낮 동안 보이는 얼굴들과는 전혀 상관없는 또 다른 얼굴들, 훨씬 더 완성된 특별한 얼굴들이 떠오른다는 느낌을 받았다. 겉으로는 편히 쉬고 있는 것 같아도 마치 잠들어 있는 맹수처럼 결투에 임하는 도전적인 성정을 가지고 있는 듯했다. 자세히 들여다보면 심지어 그 애들 목의 혈관 맥박과 그 아이들이 잠들었을 때의 냄새까지 느낄 수 있었다. 그 냄새는 낮 동안과는 달리 약간 더 달콤하달까, 혹은 단지 그저 좀 더 진한 향기인 것 같았다. 그중 몇몇은 입 주변에 아주 작은, 미세한 주름이 생겨나기도 했다. 거의 보이지 않는, 아가미처럼 생긴 그 주름 때문에 아이들은 밤 동안에만 나타나는 바다 생물처럼 보이기도 했다.

그 애들은 왜 그때 더 아름다웠을까?

알 수 없었다. 마리나는 그 애들의 잠든 얼굴 속 그 생략

부호에 몰두해 지냈다. 밤을 기다렸고 잠자리에 들자마자 졸린 척하면서 아이들이 깊은 숨을 내쉴 때까지 기다렸다. 그런 다음 오십을 세고 나서 모두가 잠들었다고 확신할 수 있을 즈음에 몸을 약간 일으켰다. 애들을 더 잘 보려는 것이었다. 아주 작은 소리만 들려도 얼른 다시 몸을 눕히고 두 눈을 감았다. 그리고 다시 오십을 셌다.

때로 마리나가 몸을 일으켰을 때는 침묵만이 공동의 침실을 떠다닐 뿐 아무것도 움직이지 않았다. 그러면 발바닥 아래 차가운 타일을 느끼면서 여러 아이 중 하나에게로 향했다. 그리고 입술이 쏠릴 정도로 가까이 얼굴을 들이댔다.

"지금 잠에서 깨어나면 날 보게 될 거야."

그런 생각이 들 때면 마리나는 덜컥 겁이 났다. 그래도 아주 조심스럽게 머리를 베개에 기대고 그 아이의 숨결을 느꼈다.

그건 아픔이었다. 정확히 그 아이의 아픔이었다.

보육원 상담심리사 선생님 역시 편집광적으로 그 아픔의 주위를 맴돌았다. 잉크 얼룩을 설명해 보라고 하고 사물들을 그리게 하고 그다음엔 갑자기 부모님과 자동차 사고에 관해 묻곤 했다.

그 사고.

"아빠는 즉사했고 엄마도 병원에서 죽었어요."

그건 마치 아이들의 잠든 얼굴, 향내를 풍기는 밀봉된 그 얼굴 중 하나를 몰래 들여다보는 것과 같았다. 심지어는 이렇게 말할 수도 있었다. 이 아이는 코가 작아, 그 아이는 저 아이보다 입술이 두툼하고 또 이 아이는 숨 쉬는 방식이 달라, 이 아이는 팔을 가슴 위에 올려놓고 저 아이는 죽은 사람처럼 옆구리에 붙이고 있어, 절대 눈을 다 감지 않는 것처럼 보이는 아이가 있어, 그 애는 그렇게 하고 자.

"뭐가 기억나는지 말해주렴."

"자동차 시트가 생각나요. 진한 색에 아주 가느다란 하얀 선이 그어진."

"자동차 시트가 어땠는데?"

"검은색, 거의 검정에 가까운 짙은 파란색에 껄끄러운 천이었어요."

세부적인 걸 나열하면 상담심리사 선생님은 만족해했다. 천천히, 상세히, 공들여 하나하나 나열하는 것. 그래서 마리나는 아주 사소한 색깔, 형태까지 기억하려고 애썼다. 상담심리사 선생님은 검은 노트에 그 모든 말을 서둘러 적었다. 기억이 잘 나지 않는 부분에서는 즉시 색깔을 하나 지어내서 실제

일어난 일들 사이에 끼워 넣었다. 그럴 때면 장면이 바뀌면서 마리나의 기억이 호주머니에서 꺼내 테이블 위에 올려놓을 수 있는 어떤 물체인 것처럼 느껴졌다. 상담심리사 선생님이 글로 받아 적었던가 아니면 그림을 그렸던가? 혹시 그 아이 중 하나의 얼굴을 그리고 있었던가? 그래, 그거다. 잠자고 있는 아이의 얼굴.

"그리고 또 뭐가 기억나니?"

"자동차 바닥에 모래가 있었어요. 조금이요. 한 무더기 정도. 그걸 보면서 커브 길에서 모래가 움직일지도 모른다고 생각했어요."

"그래서, 움직였니?"

"아니요."

그리고 또다시 언제나 똑같은 말.

"우리 아빠는 즉사했고 엄마는 나중에 병원에서 죽었다고 그랬어요."

하지만 이제 그 문장의 억양도 바뀌었다. 비난 같기도 하고, 부끄러운 비밀을 말하는 것도 같았다. 피부 표면 아래로 피어나는 그 무언가, 늪지 식물 같았다. 이제 그 문장은 더 축축했고 성장했다. 다른 소녀들이 있기 때문에 이제 마리나는 그 문장의 주변에 머물 수 없었다. 그 문장을 꿈꿀 때면 그 문장이 자기 얼굴 위에서 시간을 보낸 느낌이 들었다. 보육원의 가구처럼, 건물처럼 그 문장도 늙어버린 것 같았다.

"그리고 또?"

"그리고 가늘던 선이 굵어졌어요."

"어떻게 그럴 수가 있지?"

"사실이에요. 선이 굵어졌어요. 그리고 좌석이 껄끄럽지 않고 부드러웠어요. 난 한참 후에야 내 발이 바닥에 닿을 거고 그러면 내 발로 그 모래더미를 움직일 수 있겠다고 생각했어요."

그즈음 운동장에는 애벌레가 생기기 시작했다. 조심해야 한다고 어른이 말했다. 벌레에 물릴 수 있어서였다. 작은 모피 코트를 입은 것처럼 미세한 솜털에 쌓인 벌레들이 언제나 일렬종대로 장엄한 행진을 하는 걸 쉽게 볼 수 있었다. 마리나는 애벌레의 메커니즘은 어떤 걸까 생각했다. 걸어갈 때마다 마치 공포의 전율이 흐르는 것처럼 그렇게 움직이게 하는, 벌레 몸속의 작은 용수철들과 나사들, 지렛대들은 어떻게 생겼을까 궁금했다.

"그때 온몸에 소름이 돋았어요. 머리끝부터 발끝까지."

"사고 전에?"

"네."

벌레들은 항상 나무로 향했다. 그리고 나무를 오르기 시작했다. 애벌레들도 가면을 쓰고 있었다. 아주 가까이서 들여다보면 동상처럼 얼굴은 까맣고 늙은 데다가 주름투성이였고 실제보다 훨씬 더 빨리 걷는 것처럼 보였다. 그 벌레들이 깨물 수도 있고 또 위험하다고 생각하면 어지러웠다. 마리나는 막대기 하나를 집어 들었다. 그리고는 숫자를 하나 생각했다. '4'. 행렬의 맨 앞부터 세기 시작했다. 1, 2, 3, 4. 마리나는 막대기로 네 번째 벌레를 찔렀다. 네 번째 벌레는 감전이라도 된 것처럼 제 몸 위로 움츠러들더니 짙은 색 액체를 흘렸다. 마리나는 아무 말도 할 수 없었다. 벌레에서 막대기를 빼낼 수도 없었다. 벌레 일행도 갑자기 움직임을 멈췄지만 그건 한 순간뿐이었다. 마리나의 입에는 침이 가득 고였다. 어떤 움직임, 어떤 접촉, 어떤 들리지 않는 소리가 벌레들에게 "우리 중 네 번째가 죽었다"는 메시지를 전했을까? 어떻게 그 소식은 이 벌레에서 저 벌레로 전해졌을까? 그리고 이상한 일이 벌어졌다. 벌레들이 완전히 멈춰 선 것이다.

"그리고는 아무것도 움직이지 않았어요."

"사고 후에 말이니?"

"네, 사고 후에, 직후에요."

"전혀?"

"네, 전혀요. 그래서 난 내가 가만히 있으면 세상 모든 사람이 다 돌로 변해버리고 또 나도 돌이 될 거라고 생각했어요."

"그래서 어떻게 되었지?"

그리고는 원이 만들어졌다. 원 모양이었다. 정지해 있었다는 건 사실이 아니었다. 나머지 벌레들이 조금씩 머리를 갸웃거리기 시작했고 경배라도 드리려는 듯 가운데로 모여들었다. 그 중심에 네 번째 벌레가 있었다. 그때 마리나는 자기가 혼자가 아니라는 걸 깨달았다. 다른 아이들이 주위를 둘러싸고 있었다. 네 번째 벌레는 아직 움직이고 있었다. 뭔가 빌고 있는 것일까? 네 번째 벌레를 둘러싼 일행 중 어느 것이 네 번째 벌레를 가장 많이 좋아했을까? 나머지 벌레들의 이동은 아직 완전히 끝나지 않았고 마찬가지로 마리나를 둘러싼 아이들이 만들어 낸 동그라미도 아직 다 완성되지 않았다. 마리나는 주위에 있는 아이들의 숨결, 등에 와 닿는 감촉을 느꼈다. 마리나의 어깨너머로 들여다보는 머리가 하나 있었다. 마리나가 고개를 돌리면 입이라도 맞추게 될 모양새였다.

"아무것도 움직이지 않았어요. 우리는 진짜 돌이 되었어요. 내 손이랑 눈이랑 다리가 진짜 돌이 되는 걸 느꼈어요. 보이는 건 전부다. 자동차까지도요. 마법사가 우리를 전부 돌로 변하게 한 거예요."

"마법사?"

"네."

하지만 아이들의 숨결 때문에 마리나는 그 환상에 빠져들 수가 없었다. 마리나는 네 번째 벌레가 완전히 움직이지 않을 때까지 막대기를 뽑지 않았다. 그리고 마침내 막대기를 뽑았을 때는 그 벌레가 두 동강이 났고, 그래서 네 번째 벌레가 이제 둘이 되었다는 사실을 알게 되었다. 원 모양이 점점 완성되어 가고 있었다. 행렬도 마찬가지였다. 이 벌레들에게서 저 벌레들로 추측과 메시지가 피부를 통해, 목 위의 투명한 섬유질을 통해 전해졌다. 어쩌면 벌레들은 동료의 시체 앞에서 심각하게 토론했을지도 모른다. 네 번째 벌레의 죽음에 눈물을 흘렸는지도 모른다. 자기들이 죽은 벌레를 두고 냉정하게 떠나버린 건 아니라는 사실을 죽은 벌레가 믿게 하고 싶었는지도 모른다.

"그런데 마법사는 어땠니?"

"나는 마법사는 못 봤어요."

"그럼 그게 마법사였는지 어떻게 알지?"

이제 마리나는 수많은 입에 둘러싸여 있는 것 같은 느낌이었다. 아이들 하나하나가 입이고 그 입에서 송곳니가 나오는 것 같았다. 송곳니 하나하나는 몹시 단단했다. 벌레들은 네 번째 벌레에 바싹 다가서서 거의 완전히 덮어 버렸다. 밖에서, 아이들의 깜짝 놀란 시선에서 볼 때는 벌레들의 행렬이 마침내 네 번째 벌레의 사체를 삼켜버리기로 한 것처럼 보였다. 죽은 벌레의 평온함이 살아있는 벌레들에게 갑작스럽고도 격렬한 탐욕을 불러일으키기라도 한 듯 말이다. 무슨 일이 일어난 것인가? 그게 무엇이든 간에 행렬 속 모든 벌레의 두 눈에 아주 잠깐 섬광이 번득였다. 마리나는 아이들의 몸이 자기 위로 올라와 있는 것을 분명하게 느꼈다. 원이 완성되었다. 모두가 거기에 있었다.

마리나는 겁에 질려 그곳을 빠져나가려고 했다. 다른 아이들이 길을 막고 서서 마리나도 그 원 위로 몸을 굽히라고 강요하는 것만 같았다. 아이들의 말소리는 음이 소거된 채 마리나에게로 도달했다. 수치심에 휩싸인 마리나는 아이들이 밤에 자신들을 훔쳐본 것 때문에 복수를 하나보다고 생각했다. 필사적으로 아이들을 밀어냈지만 아이들 몸은 성벽처럼 더욱 굳건하고 단단해졌을 뿐이었다.

"마법사였어요. 원래 그렇잖아요. 돌로 변하게 할 수 있는 건 마법사밖에 없으니까요."

"하지만 넌 못 봤잖니."

"살짝은, 네, 봤어요."

"그런데 어땠니?"

"크고, 검은색이었어요. 동상처럼요."

동상처럼 크고 검은 것은 마리나를 둘러싼 아이들이 만들어 낸 성벽이었다. 벌레들이 만든 원 안에 마리나를 가두고 밖으로 나가지 못하게 하는 지금 처음으로 아이들의 얼굴이 가까이 있음을, 한밤중 몰래 그 아이들을 지켜볼 때보다 훨씬 더 가까이 있음을 느꼈다. 까무잡잡한 올리브색 얼굴들. 한낮 햇살 아래 보니 아이들의 눈과 입가에는 작은 표식 같은 얼룩들이 있었다. 벌레들 얼굴에 있는 검은 얼룩과 똑같았다. 마리나는 밀치기를 단념하고 가능한 한 몸을 움츠렸다. 그리고 눈을 감았다. 아이들은 벌레에 관해 이야기를 나누며 바닥에 떨어진 막대기를 다시 집어 들고 다른 벌레들을 건드렸다. 그리고는 무슨 미스터리를 해결하기라도 하는 듯 네 번째 벌레의 피를 살펴보았다. 마리나는 오로지 "날 건드리지 마"라는 생각뿐이었다.

잠시 후 아이들은 하나둘 흩어졌다.

막대기는 나무 옆에 던져두었다. 이윽고 운동장 건너편에서 아이들이 줄넘기를 넘으면서 외치는 목소리가 들려왔다. 마리나가 다시 눈을 떴을 때 벌레들의 행렬은 질서 정연하게 후퇴해 가기 시작했다. 네 번째 벌레의 절반으로 잘린 아름다운 몸을 빙 돌아 천천히 무화과나무로 향하는 장엄한 행렬이 시작되었다. 마리나가 벌레들만 한 크기라면 벌레들이 보는 방식으로 무화과나무를 바라보리라. 터무니없이 거대하고 울퉁불퉁한 벼랑으로 보일 테지.

그런데 아이들이 모두 다 가버린 게 아니었다. 한 아이가 마리나 곁에 남아 있었다. 마리나는 마치 재난에서 홀로 살아남은 생존자를 바라보듯 그 아이를 바라보았다. 그 얼굴에서 읽히는 표정이 행복인지 슬픔인지 알 수가 없었다.

"네가 벌레를 죽인 거야?"

아이가 물었다.

"응."

마리나가 대답했다.

가까이서 보니 그 아이는 다른 아이들과 똑같았다. 그 아이 안의 모든 것은 이름을 가지고 있지 않았다. 아이는 몸을 숙여 바닥에서 막대기를 주워 들더니 천천히 살펴보다가 마리나에게 내밀었다.

"이 막대기로 죽인 거야?"

"응."

"왜?"

"먼저 숫자를 하나 생각했어. 4라고 생각했지. 그리고 벌레들을 센 다음 네 번째 벌레를 죽였어."

둘이 함께 있는 지금 벌레가 둘만을 위해 다시 한번 죽는 것 같았다. 네 번째 벌레는 그냥 죽은 벌레로 남아 있기에는 너무 부지런했다. 자신을 버리고 떠나버린 그 느린 행렬의 속성을 여전히 가지고 있었다. 벌레의 몸에서 흘러나왔던 검은 액체는 이제 거의 투명해졌다.

"묻어줄까?"

마리나가 물었다.

"좋아."

둘은 바로 그 자리에 함께 앉아 손으로 땅을 파기 시작했다. 간혹 둘의 손이 닿으면 화들짝 놀라 뒤로 물러났다. 어떤 사랑의 물리적 행위가 얼마나 난폭해질 수 있는지 어렴풋이 깨달아서 벌레를 묻어줄 작은 구멍을 파면서 손이 닿았을 때 그것을 미리 두려워하는 것 같았다. 어쩌면 시작은 단순히 그런 것이었는지도 모른다. 둘을 가까이 있게 한 것. 두 눈을 동그랗게 뜬 채로 죽은 벌레를 동정했고 아름다운 무덤을, 벌레의 모든 것을 표현할 수 있는 그런 무덤을 만들어주고 싶었다. 행렬에 속해 있던 네 번째 벌레, 지금 울고 있는 또 다른 벌레가 아꼈던 그 벌레.

"우리 아빠는 사고 장소에서 죽었고 우리 엄마는 나중에 병원에서 죽었어." 마리나가 갑자기 말했다. 그 아이에게, 그리고 벌레에게 가까이 가고 싶었다. 아이는 뒤로 돌아 보육원 입구 방향을 바라보았다.

온통 검은색에 우아함이 넘치는 바로 그것, 동상이었다.

아이의 몸이 딱딱하게 굳었다. 마리나는 벼랑에 돌멩이를 던지듯 그 말을 내던졌다. 그리고는 그 돌멩이가 바닥에 부딪히는 소리를 기다렸다. 그래야 벼랑의 깊이를 알 수 있을 터였다. 하지만 돌멩이는 바닥에 가닿지 않고 계속 허공으로 떨어지고 있었다.

돌멩이는 공중에 그대로 떠 있었다.

그리고 천천히, 그 아이 앞에서 잠이라도 든 것처럼 시간
이 흘러버렸다. 이제 교실로 돌아가야 할 시간이었다.

건물에는 어둠이 드리웠지만 우리에게는 아직 밤이 오지 않았다. 저녁이면 영화를 하나 틀어주었는데 그때까지도 우리는 여전히 즐거웠다. 영화에 너무나 빠져든 나머지 간혹 울기도 하고 겁에 질리기도 했기 때문에 어른이 와서 그건 사실이 아니라고, 우리가 보고 있는 것은 그저 영화에 불과하다고, 그러니 우리가 느끼는 감정도 진짜가 아니라고 말해줘야 할 때도 있었다.

그러다가 우리는 슬며시 이런 질문을 하게 되었다. 딱히 어떤 이유가 있었던 것은 아니다.

"그런데 마리나는?"

마리나는 영화에 감동하지 않았다. 우리는 곁눈질로 마리나를 훔쳐보았다.

"그런데 마리나는?"

우리는 몸을 떨었다. 그 한기가 마리나에게서 오는 것 같았지만 다시 눈을 떴을 때 그건 그냥 생각이었을 뿐 우리가 사실은 마리나 생각을 하고 있었다는 걸 깨달았다. 그리고 영화가 끝난 것처럼 마리나에 대한 생각도 끝났다. 영화를 보고 난 후 우리는 언제나 어느 부분이 좋았는지 또 어느 부분이 마음에 들지 않았는지 이야기를 나누곤 했다. 이야기를 나누는 것은 우리를 하나로 모으는 사랑의 행위였다. 그렇게 영화는 우리 속에 계속 살아남았다. 방금 본 영화를 떠올리는 것은 마치 그 영화가 즐거운 방울 소리를 울리며 다시 그 자리에 펼쳐지는 것과도 같았다.

"그런데, 마리나, 넌 영화가 마음에 들었니?"

"난 그 영화 벌써 영화관에서 봤어. 누가 나쁜 놈인지 알고 있어서 좀 별로였어. 원래 두 번째 보면 시시하잖아."

갑자기 우리는 어찌할 바를 몰랐다. 마리나는 이미 모든 영화를 본 것만 같았다. 이미 모든 소풍을 다녀왔고 모든 놀이를 해보았던 것만 같았다. 마리나의 지난 추억에는 잔혹한 데가 있었다. 얼마나 많은 걸 경험해본 걸까…. 머리를 베개에 파묻고 모든 걸 보았지. 머리를 내려놓을 때 그 머리는 추억으로 가득 차 돌덩이처럼 무거웠고. 손으로 연필을 꼭 쥐었을 때(마리나는 연필을 몇 개나 가지고 있었었을까? 수천 개? 수백만 개?) 그 연필조차도 약간은 부러운 마음에 마리나가 이미 알고 있는 모든 것들을 자기로 써주었으면 하고 바랐다.

"그래서 이번에 그 영화를 볼 때 난 처음부터 누가 나쁜 놈인지 알고 있었어. 보자마자 저놈이야, 했어. 분명 처음 볼 때랑은 느낌이 달라."

마리나가 자기의 지난 추억과 함께 이곳에 나타나기 전까지 우리는 행복했었다. 그 순간에는 그런 생각을 억누르고 있었다. 하지만 그 후 운동장에 나가 놀 때 우리는 그 생각 때문에 어찌할 바를 몰랐다. 분노와 당혹감에 휩싸인 우리는 차츰 마리나를 물어뜯고 싶어졌다. 우리는 마리나에게 이렇게 말하곤 했다.

"마리나, 이리 와봐."

그리고 가까이 오면 머리칼을 잡아당겼다. 욕지기가 나와 입에 침이 고였다. 그 침은 핏빛이었다. 굴욕감을 주는 건 얼마나 쉬운 일인가. 하지만 마리나 역시 우리에게 굴욕감을 주었다. 우리가 불러 다가올 때면 마리나는 너무나 평온했고 행복해 보였다. 그런 마리나에게 말 한마디 건네지 않고 우리는 머리를 잡아당겼다. 어쩌면 마리나는 전에도 머리를 뜯긴 적이 있었을지도 모른다. 하지만 절대 우리가 한 것처럼은 아니었을 것이다.

"그리고 여름에는 해변에 갔었어. 거기엔 친구가 아주 많았어. 어느 날엔가는 배를 타고 여행을 떠난 적도 있었어."

다시 누군가 머리칼을 잡아당기는 걸 느낀 마리나의 얼굴이 구겨졌고 눈빛에는 잠시 숨 가쁜 웅얼거림이 스쳐 갔다. 입을 벌린 죄수 같았다. 그 이후로 마리나는 흡혈귀처럼 어두운 곳으로만 움직이며 돌아다녔다. 이제는 지난 일을 기억하는 걸 두려워했고 몸을 웅크리고 어린아이의 얼굴을 하곤 했다. 또 쉬는 시간에는 우리에게서 약간 멀리 떨어져 있기 시작했다. 바닥에 누워 손가락으로 풀잎을 꼬면서 말이다.

그때 우리는 남몰래 마리나를 좋아했었다. 마리나의 슬픈 두 눈은 미소 지었고 건물은 느긋한 휴식에 들어갔으며 우리는 조용히 마리나를 지켜볼 시간을 기다렸다. 우리는 다소간 그 애를, 그 애의 몸과 그 애의 추억을 사랑하게 된 것 같았다. 마리나는 우리의 사랑을 이해하지 못했다. 모든 일에 고개를 끄덕일 줄만 알았다. 그게 전부였다. 그래서 우리가 다가가면

고개를 끄덕이며 두려움을 즐거이 받아들일 수밖에 없었다.
이제 거기 있는 건 우리였고 우리는 다수인 데다가 또 그런
우리가 마리나에게 손을 내밀고 있었기 때문이다. 공은 둥글
고 꺼끌꺼끌했다. 아디다스 상표의 짙은 갈색 농구공은 잘 튀
겨지지도 않고 글씨 부분이 일부 지워져 있었다. 알 수 없는
소녀, 이상야릇한 그 애 마리나가 공을 힘껏 튀기면서 운동장
한가운데 골대로 달려오면 그 애에게 이렇게 외쳐야 했다.

"여기!"

마리나는 몸을 돌려 공을 힘껏 패스했다. 팽팽하게 긴장한
몸, 관자놀이를 흐르는 땀, 가느다란 다리. 우리가 농구를 할
때는 모든 게 얼마나 단순했는지! 거기, 감동으로 충만한 깊
은 그 공간, 그 피로감 속으로 우리는 들어갔었다. 공은 아주
천천히 링을 세 번 튀어 올랐고 안으로 들어가지 않았다. 그
럴 땐 "아이!" 하는 소리를 아주 크게, 뱃속에서부터 터져 나
오는 소리를 느끼며 외쳐야 했다. 마리나가 거기 있었고, 공
을 던졌고, 거의 골대로 들어갈 뻔했기 때문이었다. 10 대 12
였다. 마리나는 한층 거칠어졌다. 덜 심각하고, 또 예뻤다. 공
이 들어가지 않았을 때 마리나의 미소는 즐거움과 두려움 그
사이였다. 그건 마리나였나 아니면 우리였나? 우리가 마리나

를 용서하고 있었던 걸까? 사랑이 그런 것일까? 언제까지나 그 아이가 농구하는 모습을 보고 싶은 것? 동점으로, 혹은 거의 항상 동점으로 한층 더 달아오르는 농구경기, 거기서 뛰는 그 애 모습을 언제까지나 보고 싶은 것? 하지만 경기가 끝나면 수업으로 돌아가야 했다. 웃음과 식사가 한데 모이는 그 시간이 되면 우리는 다시 심각해졌다. 우리는 창문에 붙은 미키마우스 그림을 베껴 그리곤 했다. 그렇게 하는 편이 더 쉬웠기 때문이다. 그리고 마리나의 그림이 언제나 제일 예뻤다. 거의 진짜 미키마우스 같았다. 마리나의 미키마우스에는 정말로 시간과 추억, 또 마리나가 보고 만졌던 모든 것들이 충만한 것 같았다. 우리의 미키마우스와는 전혀 다른 새로운 미키마우스였다.

"난 파리 디즈니랜드에 한 번 가본 적이 있거든."

비밀은 거기 숨겨져 있었다. 파리 디즈니랜드의 감춰진 비밀이 마리나의 손과 눈을 통해 아무렇지도 않게 수백 번 반복되는 거였다. 마리나는 파리 디즈니랜드에 한 번 다녀왔다. 멀리서 또 한 번 천둥이 울렸다. 우리가 없는 마리나의 삶, 그 둔탁한 천둥소리였다. 마리나가 우리에게 그 이야기를 해주었으면 좋겠다고 생각했지만 그 애에게 묻고 싶지는 않았다.

"진짜 미키마우스랑 사진도 찍었어. 엄청나게 큰 성도 있었고, 나중에 미키마우스 공책이랑 미키마우스 연필도 사주셨어. 그리고 꽉 누르면 딸기향이 나는 지우개도."

추억이라는 것이 우리에게는 너무도 예민한 부분이란 걸 마리나는 알지 못했다. 우리에게는 추억이란 게 없었다. 우리는 상상이란 걸 할 줄 몰랐다. 그 미키마우스의 성들과 오색영롱한 유리창과 미키와 미니가 모습을 드러내는 발코니는 우리 것이 될 수 없었다. 우리는 언제나 피곤하고 주린 배를 움켜쥔 채 마리나의 추억과 평행선을 이루며 그 옆을 걸었다. 우리 욕망의 작은 충동은 그 모든 것에 생명을 불어넣기에 충분치 않았다. 우리는 갑자기 피로감을 느꼈고 좀전의 욕망은 그 아이, 너무나 큰 그 아이를 향한 분노로 변했다.

"네 미키마우스가 우리한테 뭐? 네 디즈니랜드, 네 휴가가 우리한테 뭐?"

우리는 마리나를 향해 혀를 내밀었었다.

"롤러코스터도 있었는데 나는 세 번 탔어."

어른이 보고 있지 않을 때면 우리는 마리나를 때렸다. 절대 힘껏 때리지는 않았다. 꿀밤을 먹이는 정도였다. 마리나가 뭔가 집으려고 몸을 숙이면 우리는 엉덩이를 뾰족한 연필로

찌르곤 했다. 그러면 마리나는 몸을 움찔했고 우리는 웃음을 터뜨렸다. 마리나의 얼굴은 유리잔이 채워지는 것처럼 굴욕감으로 채워지곤 했다. 짐작조차 할 수 없는 생각으로 채워진 얼굴, 자존심 강한 그 얼굴. 두 눈에 눈물이 가득 고였지만 마리나는 절대 울음을 터뜨리지 않았다. 손으로 옷자락을 힘주어 움켜쥘 뿐이었다. 여기 우리와 함께 남고 싶다는 듯, 뒤로 물러서지 않고, 파리 디즈니랜드에도 가지 않고, 휴가도 가지 않고, 다시는 롤러코스터도 타고 싶지 않다는 듯, 그렇게 추억을 자기만의 그것으로 간직하고 더는 우리와 함께 나누지 않으면서 분노를 길들이려는 듯했다. 그리고는 자기 인형에게로 눈을 돌렸다. 그 밉살스러운 인형, 마리나는 그 인형을 좋아했다. 쉬는 시간이면 우리를 멀리하고 손에 그 인형을 들고 있었다. 그 인형을 좋아했다. 그 인형과 함께 다시 자기 고향, 자기 추억으로 돌아가곤 했다. 인형에게 그 이야기를 들려주고 있었던 걸까? 어쩌면 그럴지도 모른다. 그 인형과 이야기를 나누곤 했으니까. 그 인형이 우리 목에 매달려 있는 것만 같았다. 마리나의 그 작은 인형, 우리를 사랑하는 대신 마리나가 사랑하는 그 작은 것.

"농구 안 할래?"

"안 해."

"지랄하네."

하지만 사실은 이렇게 말하고 싶었다. 파리 디즈니랜드에 갔던 이야기 좀 해 줘. 진짜 미키마우스랑 사진을 찍는 건 어땠는지, 롤러코스터 얘기도 해줘, 내려올 때 기분이 어땠는지, 그리고 그다음에 네게 사줬다는 공책 이야기도 해줘 봐. 딸기 향이 나는 지우개는 이상하게 생겼는지 아니면 보통 지우개 모양인지, 딸기향이 날 때면 먹고 싶어지는지, 또 사진을 찍을 때 진짜 미키마우스 손을 잡으면 어떤지도 말해줘. 넌 그게 진짜 미키마우스라고 생각하는지, 둘이 그 진짜 성, 문도 창문도 만질 수 있는 그 진짜 성에 사니까 둘이 곧 그 성으로 돌아갈 거라고 생각하는지 말해줘.

"싫어."

마치 저주처럼 분노가 우리를 괴롭혔다. 갑작스럽게 닥친 저주였다. 나쁜 마녀의 쓸쓸한 저주. 어쩌면 나쁜 마녀도 우리처럼 누군가를 좋아했는지도 모른다. 그리고 그 사랑을 어찌할 바 몰라 울며 방황했는지도 모른다. 어쩌면 증오 아래에는 사랑을 노래하는 작은 오케스트라가 있어서 그것 때문에 마녀는 숨이 막혔고 기차에서 창밖을 내다보듯 그 사랑의 어둠을 응시하고 있었는지도 모른다. 사랑에 괴로워하는 가엾은 나쁜 마녀.

"파리 디즈니랜드에는 나쁜 마녀의 성도 있었어."

전부 다 다시 말해줘, 너희 집, 부모, 너 혼자 쓰는 방, 이상한 나라의 앨리스 포스터가 붙어 있는 네 방의 벽, 전부 다. 우리를 이해하지 못하고 마리나는 우리를 가만히 응시하며 묻곤 했다.

"왜?"

그러고는 뒤로 물러섰다. 검붉은 그늘이 마리나의 어깨 위로 드리우면 인형을 챙겨 들고 다시 검은 동상 쪽으로 멀어져 가곤 했다.

"그건 내 비밀이야. 내 거야."

그 애 쪽으로 몸을 숙일 때면 그 애 머리칼에, 우리와는 다른 그 향내에, 도저히 숨길 수 없는 그 무엇에 입 맞추고 싶었다. 그 사람들이 죽었을 때 너도 같이 차를 타고 가고 있었던 이야기 해봐. 마리나는 눈을 크게 떴다. 그건 우리가 침대 속으로 들어갈 때면 운동장에서 들려오는 귀뚜라미의 울음처럼 고통스럽고도 반짝이는 기억이었다. 이야기해 봐.

"싫어."

"지랄하네."

하지만 그런 폭력에서 어둡고도 활기찬 기쁨이 생겨났다. 이겼다는, 아니면 이제 곧 이길 거라는 그 소리 없는 예감.

어느 수요일 밤 우리는 마리나 몰래 인형을 훔쳐냈다. 잠에서 깨어난 마리나는 공포에 질렸다. 이제 마리나도 우리처럼 무방비 상태였다. 잠시 우리는 그 애가 어른에게 이르러 갈 거라고 생각했지만 마리나는 그렇게 하지 않았다. 사실은 꼼짝도 하지 못했다.

"돌려줘. 내 인형 돌려줘."

마리나가 말했다.

그래서 다리 하나를 돌려주었다. 우리가 부러뜨린 다리였다.

"가져."

우리는 이렇게 말하고 싶었다. 우리를 좀 봐달라고 그런 거야. 이제 다시 그 애를 사랑하는 건 아주 쉬운 일이었다. 사랑은 심지어 아주 오래된, 늘 있었던 일이었다. 마리나는 인형 다리를 나무 옆에 버리고 더는 관심을 쏟지 않았다. 하지만 우리는 그 애가 어떤 기분인지 알고 싶었다. 인형 다리 하나와 이제는 사라져버린 인형 전체 사이에 무엇이 남았는지 알고 싶었다. 마리나 내부의 어떤 것이 헐거워졌다. 힘이 하나도 남지 않은 것 같았다. 이제는 우리에게 올 테지, 우리는 생각했다.

그리고 그것들, 인형의 부서진 머리와 또 다른 것들, 몸통과 팔과 다리, 그 모든 것은 잘 보관했다가 운동장 나무 옆, 죽은 벌레 위에 묻었다.

바로 이 순간 마리나는 뭔가 알게 된다. *나는 다르다*는 것. 모든 깨달음이 그렇듯 깨달음 그 자체는 자신을 깨달음으로 이끈 도식화된 현실을 뛰어넘는다. 이미 형태를 갖춘, 둥그렇고 도저히 피할 수 없는 현실의 진흙탕에서 솟아오른다. 그건 늘 그 자리에 있었다. 다만 깨닫지 못했을 뿐. *나는 다르다.*

마리나는 그 깨달음을 지속해서 만지작거린다. 마치 갓 태어난 아기가 자기 몸을 만지며 알아가는 것처럼. 그런데 곧 그 깨달음이 너무 커져서 마리나가 그 깨달음에 압도당하게 된다면? 그때는 다른 소녀들의 우위에 설 수 있게 될 것이다. 이제는 낮도 없을 것이다. 이제는 밤도 없을 것이다. 그 깨달음을 통해 운명이 말하는 대로 움직일 것이다. 깨닫게 된 모든 걸 몸에 지니고 다니면서 오만한 그 무엇, 잔인한 그것을 깃발처럼 흔들 것이다. *나는 다르다.*

아주 잠시라도 그 생각을 믿으면 모든 건 순식간에 변해 버린다.

그 깨달음을 통해 불안감에서 벗어난 지금 마리나는 오로지 그 깨달음을 시험해 보고 싶다. 그래서 아이들이 다시 수업에 돌아갔을 때 언어 수업에서 오로지 마리나만이 설명을 따라가며 즐거운 표정으로 선생님이 질문할 때마다 손을 든다. 대답에 확신이 없을 때조차도 그렇게 한다. 무언가 깨달았다는 것을 다른 소녀들이 알게 하고 싶지만 아직은 어떻게 해야 하는지 알지 못한다. 의지만으로 모든 아이가 마리나의 깨달음을 알게 할 수 있었더라면, 그래서 모두가 마리나를 향해 고개를 돌리고 눈부신 마리나를 봐주었더라면, 그래서 스스로 그 사실을 밝힐 필요가 없었더라면, 그랬다면 좋았을 것이다.

아이들이 식당으로 가서 음식을 담을 때 마리나는 어떻게 해야 하는지를 정확히 알고 있다. 어깨에 흉터가 다시 느껴지는 것만 같다. 그 상처가 어떤 권위를 가지고 몸에 각인된 표식처럼 자신을 태우는 것만 같다. 정확히 그렇다.

점심 식사로는 수프와 치즈 토르티야가 나왔다.

아이들은 갈망하는 눈으로 음식을 바라본다. 아이들은 여전히 슬펐고 음식은 잠시나마 아이들을 슬픔에서 해방시켜 줄 테니까. 그래서 아이들은 음식에 덤벼든다. 한 아이의 입술 옆에 국숫가락 하나가 붙어 있다. 작고 하얀 국숫가락, 머리가 잘린 채 거기 잠들어 있는 벌레. 느릿한 저주처럼 마리나는 그 국숫가락을, 그리고 새로 숟가락질할 때마다 열리고 닫히는 입을 뚫어지라 바라본다. 입이 무언가 들어갈 수도 있는 구멍이라는 사실을 막 깨닫는다. 방금 본 것을 설명할 수 있다면 모든 것은 국숫가락이 멈춰 달라붙어 있는 그 아이의 입 구멍에서 시작된다고, 바로 거기, 쉬지 않고 열렸다 닫히기를 반복하는, 멈출 줄 모르는 그 어두운 입술에서 시작된다고 말하리라.

갑자기 마리나는 생각한다.

"더는 먹지 않을 테야."

김이 무럭무럭 나는 노릇노릇한 토르티야가 맛있는 냄새를 풍기는 앞에서조차 그 구멍에 대해 거센 반감을 느꼈다.

더는 먹지 않을 테야.

"안 먹니, 마리나?"

"네."

어른의 목소리는 분별 있고 차분하다.

"배고프지 않니?"

"네."

마리나는 천천히 어른을 향해 시선을 든다. 저 여자처럼 되고 싶지 않다. 저 여자를 닮고 싶지 않다. 시간은 흐르고 오직 생각만 남는다. 나머지 아이들은 식사를 끝내고 하나둘 식당을 떠난다. 식사 시간, 음식에 손도 대지 않고 무감각하게 앉아있는 동안 마리나의 위상은 천천히 높아진다. 근엄한 위신, 도시 안의 도시. 마리나가 먹지 않는다. 이 소식은 살갗을 통해, 식탁 위 아이들의 팔꿈치 접촉을 통해 전해진다. 어쩌면 먼 옛날 마리나가 지금 시도하고 있는 일을 시도했다가 이루지 못한 신화 속 여주인공이 있었는지도 모른다. 아몬드처럼 굳게 봉해진 이 불길한 결정. 먹지 않을 테야.

자신이 깨달은 그 비밀이 틀림없는 사실이라는 건 마리나가 식당에 혼자 남았을 때 때때로 운동장 쪽 창문 틈으로 이름을 알 수 없는 머리가 나타나 마리나를 훔쳐보는 것만 봐도 충분히 알 수 있었다.

"토르티야랑 수프 한 숟가락만 먹자."

"싫어요."

가끔은 머리 두 개가 나타난다. 누군지 확인할 수는 없다. 들여다보고 즉시 사라진다. 그렇게 훔쳐보는 것은 마리나를 향한 아이들 사랑의 첫 실질적인 행위이다. 마리나는 아주 맛있는 음식처럼 그 사랑을 음미한다. 이제 마리나는 그 사랑의 행위 앞에서 신실해야 한다. 언제나 그렇듯, 모든 사랑의 행위가 그렇듯, 이 사랑에도 강압적이고 위급한 무언가가 있다. 그 무언가가 자신이 불러일으킨 사랑을 지키기 위해 자신이 내린 결정에 점점 더 깊숙이 들어갈 것을 강요한다. 만일 그 행위가 무한정 지속한다면 마리나는 많은 연인이 걸어간 그 길을 걷게 될 것이다. 그 사랑을 불러일으킨 충동보다 행위 그 자체의 노예가 되고 그래서 그 행위 안에 갇혀 오로지 그 행위만 보면서 광적으로 그 행위를 반복하게 될 것이다.

"토르티야 세 조각이랑 과일 한 조각만 먹자."

"싫어요."

"배고프지 않니?"

"네."

어른과 아이는 이야기를 나눈다기보다 서로에게 속삭이고 있다. 깨달음에 도달한 지 얼마 되지 않았고 둘은 아직 약간 어지러운 상태다.

"그럼 그만 먹어. 오늘 밤에 또 식사 시간이 있으니까. 나가라, 어서."

마리나가 운동장으로 나올 때 아이들은 놀이를 멈추고 마리나를 둘러싼다. 마리나가 승리한 지금 두려움이, 접촉이 미뤄질 이유가 없다. 마리나는 아이들이 있는 곳으로 다가가 미소 짓는다. 하지만 아이들은 침통한 표정으로 그 자리에 멈춰서 있다.

마리나는 그날 저녁도 먹지 않았고 다음 날 아침도 먹지 않았다. 점심시간, 음식이 나왔을 때 마리나는 정확히 만 하루 동안 아무것도 먹지 않은 상태였다. 매번 식사 시간이 지날 때마다 어른들이 강제로 먹게 하려고 폭력의 수위를 높였지만 마리나는 물러서지 않았다. 마리나는 매번 조금 더 늦게, 조금 더 피곤한 채로 식당을 나왔다. 매번 결정적인 승리를 거두었다. 식당을 나서는 마리나의 창백한 얼굴에는 장엄하고 굳센 무언가가 있었다. 어떤 의식에 사용하는 가면처럼, 아이들은 상상할 수도 없는 힘이 담겨있었다. 만일 그 순간 보육원의 어른들이 모두 떠나버리고 아이들만 남겨두었더라면, 마리나가 운동장으로 나왔을 때 아이들은 모두 조용히 마리나의 발 앞에 무릎을 꿇고 경배했을 것이다.

마리나의 행동도 바뀌었다. 이제는 살쾡이 혹은 고양이에 가까웠다. 움직임이 그렇게 고양잇과에 가까웠던 것은 쇠약해졌기 때문일 것이다. 넓은 보폭으로 걸었지만 매 걸음의 끝에는 일종의 신경질적인 탄성이 더해져서 지속적인 긴장 상태에 놓인 것처럼 보였다. 마리나의 두 눈마저 색깔이 변한 것 같았다. 도전적이고 불가해한 두 눈은 마치 그 싸움이 오로지 마리나의 내부에서만 일어나는 것이며, 주변에서 일어나는 모든 일에 마리나가 완전히 무관심하다는 것을 증명하는 듯했다.

마리나가 먹지 않기로 결심한 지 하루가 지난 날, 식사 전 놀이 시간에 아이들은 운동장 반대편에서 줄넘기하며 놀고 있었다. 마치 아이들이 마리나를 운동장 한 귀퉁이에 가둬둔 것 같았다. 아이들은 마리나가 평온하기를 바랐다. 그리고 사실 평온했지만, 마리나가 그때처럼 위협적인 적은 없었다. 아이 하나가 무리에서 떨어져 나와 머뭇거리며 마리나에게 다가왔다. 아주 느린, 너무나 겁먹은 발걸음이었기 때문에 마리나는 그 애가 바로 옆에 올 때까지 알아채지 못했다. 그 아이에게 주의를 기울이지 않는다고 해도 그 아이는 계속 그 자리에 남아서 마리나에게 더 가까워지려 했으리라. 그 아이의 이름이 뭐였던가? 그 아이는 아직 이름이 없었다. 마침내 둘의 시선이 마주쳤다.

"이리 와."

마리나가 말했다.

아이는 기대에 차서 열린 마음으로 그 자리에 서 있었지만 뭐라고 대답해야 할지 몰랐다. 아이는 떨면서 다가왔다. 그 아이가 자기를 만질 거라는 생각에 마리나도 떨었다. "이리 와."

아이는 다가왔다. 손을 내밀면 얼굴을 만질 수 있을 정도였다.

"우린 숨어야 해."

마리나가 말했다.

"왜?"

"네게 뭘 보여줄 거거든."

무화과나무 뒤편 풀숲은 전날 밤 내린 비로 여전히 축축했다. 흙냄새, 썩은 냄새가 났다. 마리나는 셔츠 단추를 풀고 어깨를 드러내 보였다. 둘은 젖은 바닥에 앉았다. 함께 두려움을 느끼는 것보다 둘을 더 가까워지게 하는 것은 없다. 마리나의 흉터는 희미해져 이제는 조그만 흠집처럼 보였다. 상처를 꿰맸던 미세한 실밥 자국은 거의 사라졌고 어깨에서 흉골까지 구불구불한 자국만 남아 있을 뿐이었다. 그 흉터의 어스름한 유혹. 날씨는 여전히 흐렸고 추웠다. 흉터 주변 피부는 짧은 경련과 함께 움츠러들었고 아이는 모든 걸 집어삼키기라도 할 듯 입을 벌렸다. 차가운 공기, 무화과나무 등걸의 촉감, 마리나의 거만함, 그리고 자신만의 두려움, 그 모든 걸 삼켜버릴 것 같았다. 마리나의 흉터는 욕실에서 매일 샤워할 때마다 보던 것과는 달랐다. 지금 흉터는 자신을 내보이며 만져달라고, 봐달라고 하는 것 같았다. 이제 그 흉터를 가려주는 것은 아무것도 없었다.

"이거 사고에서 생긴 거야."

"아!"

"그리고 하얀 게 보이더라고. 그건 갈비뼈였어."

"……"

"그리고 나서 어떤 남자들이 날 꺼내서 구급차에 실었어."

"왜 안 먹는 거니?"

아이가 물었다.

"몰라."

이제 둘만의 피난처는 없었다. 차가운 공기에 호흡은 가빠지고 희망은 머뭇거렸다. 마리나는 그런 대화를 원한 게 아니었다. 아이가 자신의 흉터를 어루만져 주기를 바랐지만, 그 마음을 어떻게 아이에게 이해시킬지 알 수가 없었다.

"전에는 실밥 자국이 보였는데 이제는 안 보여."

아이는 다시 흉터를 바라보았다. 그 시선은 이제 심연에서 완전히 길을 잃은 듯 보였다. 마리나는 자신의 맥박이 약해지는 걸 느꼈다. 벌써 서른 시간째 아무것도 먹지 않았고 시시각각으로 몸이 더 가벼워져서 곧 날아오를 것 같은 느낌이었다.

잠시 아이의 얼굴이 하얗게 보였다가 다시 파래졌다. 필름이 노출된 사진 속 아이 같았다. 이 아이의 얼굴도 사라질까?

"그리고는 실밥 자국이 안 보이고 이렇게 됐어."

"이렇게 어떻게?"

"이렇게 실밥 자국 없이, 그리고 이제는 피부만 보여. 흉터는 벌레같이 됐어. 꼭 헝겊을 접어놓은 것처럼."

마리나는 그 아이에게 조금 더 다가갔다. 이제는 너무 가까워서 아이에게 거의 닿을 지경이었다. 그 몸이 내뿜는 열기가 느껴질 정도였다. 아이의 손을 뚫어지라 바라보았다. 손톱을 물어뜯는 아이였다. 손톱 몇 개는 아주 더러웠다. 이전에

흙이라도 판 것 같았다. 마리나는 그 손을 자기 몸 위에 놓아 주면 좋겠다고 생각했다. 이룰 수 없는 소망처럼, 그 손이 하늘이고 그래서 자기 위로 무너져 내리기를 갈망하는 듯, 그렇게 그 손을 원했다.

"전에는 사람들이 이 흉터를 만지는 게 싫었어. 소름 끼쳤거든. 그런데 지금은 아니야. 가끔은 내가 쓰다듬을 때도 있어. 그러면 피부를 만지는 게 아니라 피부 위에 종이를 덮고 그 종이 위를 만지는 느낌이야."

마리나가 그 애 앞으로 조금 더 가까이 몸을 기울이자, 갑자기 긴장한 소녀가 뒤로 물러나는 게 느껴졌다.

"느낌이 없어?"

"있어, 아주 약간."

고여 있던 물의 수면이 아주 미세하게 낮아지는 것처럼 그 소망도 아이의 내부로 흘러 들어갔다. 그 소망과 함께 애처로운 마음도 흘러 들어갔다.

"흉터를 만져보고 싶니?"

"응."

하지만 아이는 즉시 반응하지 않았다. "응"이라는 대답 후에도 얼마간 움직이지 않고 가만히 있었다. 아이는 위를 쳐다

봤다. 마리나는 주위에 많은 사람이 모여든 것 같았다. 둘 앞에 놓인 바로 그 땅이 사람들 머리로 가득 찬 것 같았다. 이제 그 머리들은 바다 물결처럼 출렁였고 모두가 마리나에게 시선을 고정하고 있었다. 깊은 두 눈을 가진 머리들의 바다. 눈한번 깜박이지 않는 그 두 눈. 마치 한 달은 족히 그런 자세로 꼼짝하지 않고 둘이 같이 있었던 것만 같았다.

"만져봐."

아이는 손을 내밀었다.

"만져봐."

기절할 것 같다고 생각했다. 목이 팽팽해지면서 머리가 높이 들려 올라가는 꿈을 꾸었다. 목은 이제 쭉 늘어났고 머리는 무화과나무 위, 보육원 건물 위, 그리고 동상 위까지 올라갔다. 턱을 당기며 혀를 내밀었다.

"왜 혀를 내미는 거야?"

팔이 저절로 뒤틀렸다. 일어서려고 했지만 무슨 큰 보따리라도 얹은 것처럼 머리가 무거웠다. 이제 그 보따리는 영원히 머리 위에 있을 것이다. 머리를 이리저리로 돌아가게 하는 그 무게, 축축한 열기가 등줄기를 타고 올라오다가 금세 꽁꽁 얼어붙었다. 옆으로 쓰러지면서 마리나는 즐거이, 탈진한 몸이 축축한 바닥에 닿는 걸 느꼈다.

"여기 만져봐."

마리나가 속삭였다.

하지만 소녀는 달아나 버렸다. 바닥을 울리며 서둘러 멀어지는 그 발걸음이 느껴졌다. 잠시 후 소리는 거의 들리지 않았다. 멀리서 다른 아이들이 노는 소리가 아직 울려 퍼지고 있었다. 하지만 더는 줄넘기를 넘을 때 부르는 노래의 일상적인 리듬이 아니었다. 누군가 미친 듯 춤을 추는 것처럼 노랫소리는 몹시 빨라지고 목소리는 점점 더 날카로워지더니 비명이 되었다가 이제 더는 사람의 목소리가 아닌 무엇으로 변했다. 그리고 마리나는 의식을 잃었다.

어른은 무화과나무 옆에 쓰러진 마리나의 치마가 허리까지 들춰져 있고 셔츠 단추가 풀린 것을 보고 경악했다. 두 다리는 벌려져 있었다. 아이는 누군가가 몇 시간이고 공중에서 흔들다가 떨어뜨린 것처럼 보였다. 제멋대로 해체된 아름다운 춤 스텝이 시간 속에 멈춘 듯, 공간 속에 고립된 듯 했다. 불가능한, 어린아이처럼 안쓰럽고 그러면서도 단호한 스텝, 그토록 작은 몸에서 나왔다고는 상상할 수도 없는 파워 넘치는 스텝, 그런 스텝을 밟은 듯했다. 무릎은 접히고 얼굴은 바닥 쪽으로 쏠린 채 가녀린 다리 위로 치맛자락이 들춰져 있었다. 갓난아기처럼 구두코가 안쪽을 향한 모습이 도무지 사람처럼 보이지 않아서, 그 모습이 너무나 참담해서 어른은 갑작스런 혐오감에 휩싸였다.

어른 두 명이 갓 결혼한 신부를 안고 가듯 보건실로 마리나를 옮겼다. 아이 몇몇이 말없이 그 뒤를 따랐다. 어른들은 마리나를 침대에 눕히고 이불을 덮어주었다. 진찰을 마친 의사는 가벼운 빈혈이라며 즉시 먹을 것을 주라고 명령했다.

Las manos pequeñas

3

동물원에서는 모든 게 달랐다. 모든 건 동물원에서 시작되었다. 동물원 냄새에서, 미니버스를 내릴 때 우리가 느낀 그 긴장감에서 시작되었다.

모든 게 새로운 동물원.

모든 게 난폭한 동물원.

온 세상이 송곳니 하나에 담겨있다는 생각, 입술 사이로 송곳니가 살짝 삐져나온 그 동물, 다른 동물의 살을 파고들라고 만들어진 그 새하얀 송곳니, 그리고 늑대, 실제로는 나쁜 놈인데 철창 뒤에 갇혀 착하게만 보이는 저 늑대…. 그런 생각들. 그때 우리는 늑대와 철창 그 둘이 서로를 위해 만들어졌음을, 그 안에서 늑대는 온순해졌고, 그늘 속에서 털이 누

작은 손

렇게 변했음을, 두 눈에는 숲이 담겨있음을 느낀다. 난간에까지 손을 뻗을 수 있었던 우리는 두려움에 떨며 말했다.

"철장이 없으면 어떻게 될 거 같아? 상상돼?"

늑대는 우리의 이야기를 듣고 이해하는 것 같았다. 주둥이를 추어올리는 그 눈빛에는 침이 가득 고였다. 우리를 덮치고 싶어 하는 것 같았다.

코끼리는 또 어떻고? 코뿔소는? 물범은? 아니, 물범은 예측할 수 있었다. 귀여운 짓을 하면서 공을 튕기기도 하고 또 나중에는 생선을 상으로 받기도 했다. 하지만 코끼리는 땅콩이 지겨운 것 같았고 피부 거죽은 두꺼운 데다가 우리를 아는 척이라도 하게 만들려면 모두 힘을 합쳐 함성을 질러야 했다. 그래야 겨우 지친 모습으로 눈을 들어 목마르지도 않은데 더러운 진흙물을 마시고는 육중한 몸집으로 느릿느릿, 모든 게 지겨운 듯, 한 걸음 한 걸음 몹시 힘들게, 절대 이길 수 없는 싸움을 하는 것처럼 그렇게 우리에게로 다가왔다. 그래서 우리는 물범보다는 코끼리에게 더 동정심을 느꼈다. 더 크고 더 슬프기 때문이었다. 우리랑 더 닮았기 때문이었다.

마리나는 불안해했다. 그날 아침 보육원을 나설 때부터, 아침에 일어나 샤워할 때부터 그랬다. 그리고는 공작새 앞에서 꼼짝하지 않았다. 우리는 마리나 가까이에서 그 애의 불안을 느낄 수 있었다. 그 불안감 때문에 마리나는 더 빛나고 영롱해 보였다.

"뭘 보고 있니, 마리나?"

"공작새. 예쁘다, 공작새."

"그래, 예뻐."

"예뻐. 근데 또 안 예뻐. 공작은 꼬리에 잔뜩 달린 저 눈으로 보는 거야."

그러려고 한 게 아닌데 우리는 이상하게도 모두 마리나 주위로 모여들었다. 알 수 없는 거대한 힘에 이끌려 마리나 가까이 다가갔고, 마리나의 목소리에 귀를 기울였고, 마리나가 우리를 바라보기를 간절히 원했다. 이제 동물에는 관심 없었다. 늑대가 무섭지도 않았고 코끼리를 동정하지도 않았고 돌고래의 우아함도 싫었다. 오직 마리나와의 접촉을 원했다. 하지만 그 사막에 어떻게 우리 몸을 던져야 하는지 알지 못했다.

이렇게 말하고 싶었다.

"마리나, 지금 어디 있니?"

하지만 마리나는 거기 우리 옆에서 흘러넘칠 듯 공작새를 보고 있었다. 우리는 마리나가 우리에게 뭔가 말할 거라는 걸 알고 있었다. 우리는 그 말을 목타게 기다렸다. 만일 마리나가 "늑대를 덮쳐서 죽여버려"라고 했다면 우리는 그렇게 했을 것이다. 만일 마리나가 "공작새를 덮쳐서 죽여버려"라고 말했다면 또 역시 그렇게 했을 것이다.

"오늘 밤 놀이를 하나 할 거야." 마리나가 말했다.

"무슨 놀이, 마리나?"

"내가 아는 놀이."

"어떤 건데?"

"오늘 밤에 하자."

"지금 말해주면 안 돼?"

"안돼, 오늘 밤에."

동물원에서의 나머지 일정은 불안한 기다림으로 물들었다. 그 기다림은 꼭 필요한 것이었다. 식사 시간에는 호랑이에게 먹이 주는 것을 보았다. 호랑이들도 불안해하고 있었다. 한 남자가 우리의 한쪽 귀퉁이로 들어가는 사이 다른 남자가 반대편 귀퉁이에서 호랑이들의 주의를 분산시켰다. 그러면 앞의 남자가 거대한 날고기 조각을 두고 나왔다. 남자가 나오는 사이 호랑이 우리 뒤에서 무언가 삐걱거리는 소리가 들렸다. 그러자 갑자기 호랑이들이 고기로 달려들었다. 세 마리였다.

호랑이들은 담쟁이넝쿨처럼 날고기 주위로 휘감겨 들었다. 호랑이들의 등뼈가 고기 한 덩이에, 그 분노 위에 하나로 모여 마치 신화에 등장하는 머리가 셋 달린 짐승이 고기를 먹고 있는 것 같았다. 주둥이는 피투성이가 되었다. 호랑이가 아름답다고 했던 말, 어른들이 우리에게 했던 그 말은 거짓말이었다.

돌아오는 버스 안에서 우리는 노래를 불렀지만, 여전히 호랑이의 피 묻은 주둥이와 늑대의 송곳니, 사람이 되고 싶지만 그럴 수 없어서 낙담한 원숭이와 코끼리 냄새, 플라스틱처럼 반짝이던 돌고래 가죽을 보고 있었다.

신데렐라는 어려서 부모님을 잃고요
계모와 언니들에게 구박을 받았더래요.
샤바샤바아이샤바 얼마나 울었을까요
샤바샤바아이샤바 왕자님은 어디 있을까.

"어떤 놀이인데, 마리나?"
"오늘 밤 말해줄게."
그리고 밤이 되었다. 우리는 모두 침대에 누웠고 소등이 되었다. 전등이 꺼지자 우리는 갑자기 놀랄 만큼 닮은 모습이 되었다. 아직 시작도 하지 않았는데 놀이가 춤을 추었다. 놀이를 기다리는 초조함. 이불 속에서 손가락을 꼰 채로 삼십 번 말한 비밀, 놀이의 비밀, 그리고 두 팔을 가슴 위에 얹은 채 숨을 참으며 기다리는 동안 놀이가 주던 기쁨.

"너희들 이제 이리로 와."

"어디로, 마리나?"

"여기, 내 침대로."

우리의 욕망은 어떻게 시작되었을까? 우리는 알지 못한다. 그 욕망 안에서 다른 모든 것은 곡예사 혹은 외줄타기선수의 움직임처럼 고요해졌다. 욕망은 커다란 칼과 같았고 우리는 그 칼의 손잡이였다. 그리고 아무것도, 실제로는 아무것도 일어나지 않았다. 동물원이 우리에게 왔던 것처럼 그렇게 밤이 왔다. 어둠 속에서 마리나의 침대를 에워싼 우리는 한낮에보다 동물원을 더 잘 볼 수 있었다. 그리고 우리는 깨달았다. 늑대를 보며 느낀 그것은 깊이를 알 수 없는 감정이며 그 순간에도, 그다음 날에도, 그다음 해에도 절대 그것을 이해하지 못하리라는 것을.

그때처럼 마리나가 멀리 있었던 적은 없었다. 마리나는 그 자리에 없었다. 만일 우리가 아직 동물원에 있었다면 이렇게 말할 수 있었을지도 모른다.

　"우리는 네가 누구인지 알고 있어, 마리나. 네 아빠가 사고로 죽었고 네 엄마는 병원에서 죽었다는 거 알고 있어. 네가 슬프다는 거 알고 있어. 그리고 네가 우리를 좋아한다는 것도 알고 있어."

　그때 우리는 마리나가 우리에게 무엇인지 결정해야만 했다. 자기 침대로 우리를 초대한 그 아이. 우리의 발과 손은 차가웠다. 하지만 그 애는 여전히 뜨거웠다. 마치 보건실에서 갓 구운 벽돌들 사이에 아주 오랫동안 갇혀있다가 이제 그 열기를 내뿜기라도 하는 듯.

　"놀이는 아주 쉬워. 그리고 여러 날이 걸릴 거야. 왜냐하면, 매일 우리 중 하나를 데리고 놀 테니까. 또 매일 달라."

　방은 여전히 어두웠지만 우리는 마리나의 목소리가 수평선 위로 펼쳐지듯 확장되는 것을 느꼈다. 우리가 그날 밤 용감했다는 걸 지금은 안다. 하지만 그 순간에는 그걸 이해하지 못했다. 거기 가지 않을 수 있었다는 걸, 침대에서 일어나지 않고, 침실 바닥 타일의 차가운 감촉을 느끼지 않을 수 있었다는 걸, 그 애의 손, 그 온화한 손길이 저지르는 폭력을 물리칠 수도 있었다는 걸 지금은 안다. 하지만 우리는 거기에 갔다.

"놀이는 아주 쉬워."

마리나가 또 한 번 말했다. 그리고는 베개를 들어 올리자 거기에 블러쉬와 립스틱, 아이펜슬이 보였다.

"매일 밤 너희들 중 하나가 인형이 되는 거야. 내가 화장을 해줄게. 그러면 인형이 되는 거야. 우리는 그 인형이랑 놀 거야. 인형도 우리에게 착하게 굴고 우리도 인형한테 착하게 굴 거야."

"그걸 다 어디서 구했니, 마리나?"

"보건실에서. 선생님이 파우치를 거기다가 두고 나가서 내가 집어왔어."

누군가 불을 켰다. 들키지 않으려고 이불 속에 숨긴 작은 불빛이었다. 그때 우리는 마리나의 표정을 보았다. 전부 잊어버려야 한다, 절대 존재한 적도 없다고 생각해야 한다. 하지만 놀이를 설명하던 마리나의 그 표정만은 소중한 물건처럼 간직할 필요가 있다.

"인형은 가만히 있어야 해. 말하면 안 돼. 아주 하얗고 순하고, 그리고 이 옷을 입을 거야. 우리랑 똑같지만 그렇지만 인형이야. 그래서 혼자는 못살아."

아이들 사이의 거리, 이 아이의 목과 저 아이 목의 차이는 아주 작아졌다. 이제부터는 모두 인형의 목, 인형의 손, 인형의 눈과 입술을 갖게 되었다.

"매일 밤 모두 다 인형이랑 놀 수 있어. 뽀뽀해도 되고 비밀을 말할 수도 있어. 인형은 우리를 바라보고 우리 이야기를 들을 거야. 우리를 좋아하니까, 그리고 우리도 인형을 좋아하니까."

갑자기 그 애는 기진맥진해 땀을 흘렸다. 갈수록 말하기 힘겨워하더니 종내 다른 사람이 말하는 것처럼 들렸다. 놀이 생각에 마리나는 숨이 막히는 것 같았다.

"매일 밤 잠자리에 들었을 때 잠들지 말고 다시 일어나서 인형에게 옷을 입히고 화장을 해주고 인형이랑 놀 거야. 그러는 거야."

그러는 거라고 했다.

그러는 거였다.

우리의 눈길은 먼저 어둠 속으로 미끄러져 들어가 밤에 익숙해질 때까지 거기 머물렀다. 이제 우리 이름이 붙어 있는 옷장은 거의 보이지 않았다. 그리고 그날 하루 일어났던 일들을 조금씩 잊었다. 곱셈도, 철자법도, 저녁에 먹은 음식의 냄새와 맛도 다 잊었다. 환기를 거의 시키지 않은 공간 속 공기

작은 손

처럼 모든 게 누런 황톳빛으로 느리게 움직였다. 하지만 정말로 원했음에도 불구하고 우리는 절대 서두르지 않았다. 파자마의 촉감과 이불의 쓸림을 느끼면서 갑자기 밀려든 피로감에 금세 잠든 척했다. 어른이 그만 가봐도 되겠다고 생각하게 하려고 우리는 두 눈을 감고 피곤을 연출했다. 그렇게 몇 분 동안 꼼짝않고 있었다. 그러다가 밤이 깊어지면 이상한 소리가 첫 신호를 보내왔다. 우리는 갑자기 불어온 바람에 치마가 부풀어 오르듯 흥분했다. 곧이어 두 번째 신호음이 들리면 그때는 아무도 주저하지 않았다. 무엇이라도 신호가 될 수 있었다. 휘파람이나 나무를 가만히 똑똑 두드리는 소리 혹은 침묵 그 자체였을 수도 있다. 그러면 우리는 천천히 서로 스치지도 않고 침대에서 일어났다. 우리 몸이 한층 가볍다고 느꼈다. 아니, 아니다. 그때 우리는 바닥 타일의 차가움도 느끼지 못했다. 어둠도 두렵지 않았다. 우리 자신이 차가움이고 어둠이었으니까. 그렇게 우리는 마리나의 침대로 다가갔다. 오로지 한 가지 생각, 이제 놀이를 시작한다는 생각에 몰두해 몽유병 환자처럼 마리나의 침대로 다가갔다.

우리가 마리나의 침대 주위에 둘러서면 마리나가 몸을 일으켰다. 우리 중 누군가가 손전등을 켜 침대 시트 아래 숨길 때 우리는 마리나의 얼굴을 보았다. 순간 그 애도 머뭇거리는 것 같았다. 마리나는 말했다.

"너."

이제 더는 기다리지 않았다. 그저 그렇게 말했을 뿐이다.

"너."

보육원과의 마지막 연결고리, 밝은 한낮과의 고리는 그때 끊어졌다. 이제 인형이 된 그 아이는 정상적인 삶에서 죽은 것이었다. 두려움과 고통이 인형의 얼굴을 스쳐 지나갔다. 마리나의 신호에 따라 우리는 어깨에 한 번도 보지 못한 사마귀가 있었네, 얼굴이 우습게 한쪽으로 기울어 있는 걸, 잠옷 귀퉁이가 찢어졌어, 도널드덕 그림이 그려져 있었구나, 이런 바보 같은 생각을 하면서 인형으로 선택된 아이의 옷을 벗겼다. 우리가 옷을 벗겨감에 따라 그 선택된 아이는 점점 더 작아지고 더 단단해졌다. 냄새가 사라졌다. 그래, 희미하게 풍기던 향내, 그것도 사라졌다. 살갗은 점점 거칠어지고 우리의 손길 역시 그랬다. 모든 게 약간 거칠고 무례했다. 각자 초조한 마음을 서로에게 감추려고 인상을 쓰거나 농담을 하기까지 했다. 누군가는 노래를 부르기도 했다.

신데렐라는 어려서 부모님을 잃고요
계모와 언니들에게 구박을 받았더래요.
샤바샤바아이샤바 얼마나 울었을까요
샤바샤바아이샤바 왕자님은 어디 있을까.

거의 들리지 않을 만큼 작은 소리, 너무 작아서 인형의 그 작은 몸에 대해서는 생각조차 할 수 없을 만큼 속삭임에 가까운 노랫소리.

"옷을 모두 벗겨야 해."

"팬티도?"

"응, 팬티도. 그러고 나서 이 옷을 입혀야 해. 이게 인형 옷이거든."

파란색 두꺼운 옷이었다. 아무도 마리나가 그 옷을 어디서 구했는지 알지 못했다. 빨간색 작은 고양이가 초록색 털실 공을 가지고 노는 모습이 수놓아진 옷. 그 옷을 입히기 전에 모두는 그 옷을 만져보았다. 그 옷이 실제로 존재한다는 걸, 적어도 이미 벌거벗겨진 채로 옷을 입혀주기를 기다리고 있는 그 인형의 몸처럼 정말 그 자리에 있다는 걸 증명해 보일 필요가 있기라도 한 듯. 서로 간의 불신은 그렇게 컸다. 인형은 여전히 꼼짝하지 않았다. 마리나는 말했다.

"이제 인형 옷을 입혀야 해."

인형의 얼굴은 몹시 불행해 보였다. 순식간에 얼굴 속 모든 것이 무너져 내렸다. 그리고 바로 그 순식간이라는 시간에 모두 주의를 기울여야 했다. 왜냐하면 바로 그때가 인형이 누구인지 밝혀지는 순간이었기 때문이다.

그리고 또 하나 우리가 알게 된 것이 있었다. 똑같은 인형은 하나도 없었다.

당연히 그래야만 했다.

어떤 인형들은 무겁고 형체가 없었다. 자기만의 형체를 계속 찾아 헤맸지만 결코 어떤 모습에도 도달하지 못한 것 같았다. 괴로워하는 살찐 인형. 그 기진맥진한 고깃덩어리를 어떻게 해야 할지 아무도 몰랐다. 다른 인형들은 활줄처럼 팽팽하게 긴장해 있었다. 죄지은 것처럼 두눈을 동그랗게 뜬 꼭두각시 인형들. 그리고 또 다른 인형들도 있었다. 너무나 섬세하고 연약해서 무엇으로도 그 연약함에서 벗어나게 해줄 수 없는 인형들. 그리고 또 다른, 태어날 때부터 망가져 있어 어쩔 수 없이 싼 값일 수밖에 없는, 한쪽 팔이나 한쪽 다리가 더 길다거나 머릿결이 너무 거칠다거나 발이 너무 더러운 인형들도 있었다. 마리나는 항상 화장을 해주기 전 이런 모습을 보기를 기다렸다.

인형은 벌거벗은 채로 꼼짝하지 않고 자기 얼굴을 기다렸다. 그리고 거기에서 놀이의 두 번째 문이 열린다. 굳게 닫힌 그 뒤에 무엇이 있을지 알 수 없어 두렵던 그 문. 그곳은 언제나 두렵다. 어떤 끔찍한 모험을 상상하게 되니까. 하지만 정작 뒤따라오는 것은 당혹감이다.

인형은 두 눈을 감는다.

그리고는 꿈속으로 들어가듯 빠져든다.

아니, 막 꿈속으로 들어가려고 했던 순간 결국에는 들어가지 않은, 그래서 막 들어가려고 했던 그 순간의 느낌만이 남은 그런 느낌. 그러다가 그 느낌마저 희미해지기 시작하고 그 틈 사이로 희뿌연 빛이, 말도 사물도 알지 못하는 조바심이 파고든다. 하지만 눈을 뜨면 인형의 숨겨진 얼굴을 살갗 밖으로 끄집어내려고 화장을 해주고 있는 마리나의 얼굴이 보인다. 겁에 질린 얼굴이다. 마리나는 아주 천천히 립스틱 뚜껑을 열고 인형의 입술 위에 바른다. 입술은 선명한 색깔 앞에 무릎을 꿇는다. 빛의 효과 때문에 거의 투명하게 보이던 창백한 입술이 색으로 가득 채워진다. 마치 핏물을 채운 듯하다.

인형의 팔다리가 천천히 미지근한 진흙탕 속으로 가라앉는다. 갑자기 다른 아이들의 얼굴이 보인다. 어디선가 툭 튀어나온 것만 같다. 이제 두 눈에 피로감을 느낀다.

"눈 감아."

눈이 감긴다. 눈꺼풀이 툭 떨어진다. 가면을 쓴 것 같다. 검은색 아이펜슬이 눈 주위를 지나면서 눈매가 깊어지는 것이 느껴진다. 이제 아무도 말이 없다. 하지만 인형은 모두가 어디에 있는지, 어떤 기분인지 분명하게 알고 있다. 여전히 창문으로 바람이 들어오고 날은 춥다. 포댓자루 같은 푸른 옷이 살갗에 무겁게 와닿는 걸 처음 느낀다. 그 옷의 촉감, 그 존재를 사랑한다. 눈 가장자리로 미끄러지는 그 검은색 연필까지도 사랑한다. 마리나는 살짝 뒷걸음질 쳐 자신의 작품을 점검해 본다. 그리고는 차분한 목소리로 말한다.

"이제 넌 인형이야."

그러면 인형이 된다.

단숨에, 변한 것도 없는데, 인형이 된다. 이 손에서 저 손으로, 이 침대에서 저 침대로 굴러다니기 시작한다. 이제 결코 혼자 남는 일은 없다. 인형 속에 갇혀 더 힘껏 사랑하고, 더 깊게 느끼고, 무한정으로 존재한다. 뺨에 입을 맞추는 그 요

란한 소리에는 신경 쓰지 않는다. 이젠 아무것도 상관없다.

아이들이 들고 다닐 수 있도록 인형은 팔에 힘을 빼고 늘어뜨려야 한다. 그렇게 미동도 없이 얼어붙은 채 의미 없는 입맞춤에 축축해진 상태다. 옷을 잡아당기는 느낌, 그 탐욕의 손길을 느낀다. 곧 죽을 것 같다고 생각한다. 하지만 그런 생각은 전혀 중요하지가 않다. 인형이니까. 느끼기는 하지만 동요하지 않는다. 눈은 천천히 빛깔을 잃어가고 마침내 완전히 텅 빈 눈동자가 된다. 체온이 떨어지고 심장 박동 사이의 간격은 넓어진다. 무언가의 밖이 아니라 안에 머문다. 그래서 아이들은 인형에게 비밀을 털어놓을 수 있다. 인형의 귀에 입술을 가까이 대고 이렇게 속삭인다.

"인형아, 나는…."

그러면 인형은 흥분으로 몸이 뻣뻣해진다. 아무에게도 말할 수는 없지만 이제 비밀을 알게 되었기 때문이다.

슬프게 팔을 늘어뜨린, 푸른 옷을 입은 인형, 가엾게도 축 늘어진, 비밀을 알고 있는 인형.

두려움은 밤에 봉인되어 있었다. 두려움은 밤 속에 있었고 거짓말을 했다. 자꾸 거짓말을 했다. 인형들은 밤 동안 호흡하는 두려움을 먹고 살았다. 그 두려움이 인형을 살찌웠다. 무언가가 다시 그들을 침대로 이끌어 잠들게 할 때까지, 지쳐 쓰러져 그 자리에 머물게 할 때까지, 아주 천천히, 끈질기게.

아침이 되면 아이들은 깨끗한 옷을 입고 다시 똑같아졌다. 마리나는 교실 의자에 앉아 아이들을 지켜보았다. 이 아이들이 지난밤의 그 아이들이었다는 게 거짓말 같았다. 하지만 얼굴은 다르지 않았다. 그런데 낮 동안에는 뭔가가 달라졌다. 분노, 폭력이었다. 소리 없는, 그러나 실체가 있는 분홍빛 폭력. 그건 작은 칠판을 들고 교탁 옆에 서 있는 어릿광대 인형의 창자에서 태어났다. 마치 그 칠판 위에 "이제 마리나를 미워해라"라고 쓰여있어서 모두 그 말을 따르는 것 같았다.

밤이면 놀이가 계속되었다. 여전히 마리나가 중심이었다. 불이 꺼지면 다시 생명을 얻은 인형들이 자기에게 다가오는 것이 느껴졌다. 한순간 섬광처럼 지나쳐가는 권력의 즐거움.

"너."

왜 낮 동안에는 달랐을까? 잠에서 깨면 모두 부끄러움에 휩싸이고 그 부끄러움이 분노를 유발하는 것 같았다. 맨발로 욕실까지 내려가 샤워를 하기 위해 옷을 벗는 동안 마리나는 몇 번이나 누군가가 자신을 때리는 걸 느꼈다. 뒤돌아보면 그 자리에는 아침 햇살에 윤곽이 선명해진 차가운 얼굴, 힐난하는 듯한 표정 때문에 곧 용서를 빌고 싶어지는 그런 얼굴, 퉁퉁 부어올랐다가 금세 평소 모습으로, 한낮의 평온한 모습으로 돌아오는 그런 얼굴이 있었다.

하지만 "네가 그랬지"라고 말하지는 못했다.

그런 말을 하기에는 모두 너무 가까이 있었고 모두의 두 눈은 반짝였다. 낮 동안의 생활은 당혹스러울 정도로 밤과는 아주 다르게 시작되곤 했다. 보육원은 햇살이 드는 개미집처럼 잠에서 깨어났다. 놀이의 달콤함 뒤에 남는 건 오로지 이해할 수 없는 적대감뿐이었다. 아이들은 이상하게도 다시 베일에 싸인 알 수 없는 존재가 되어버렸다. 양 볼 가득 우유와 시리얼을 먹는 아이들은 꼭 상처 입은 꽃을 먹는 것 같았다. 수업에 들어간 아이들에게서도 침묵 속에 분노는 계속되었다. 마리나가 누군가에게 연필이나 지우개를 빌려달라고 하면 모두는 그 말을 완전히 무시했다. 한낮의 증오와 밤 동안의 사랑은 동전의 양면인 것만 같았다. 모든 것이 다 이전으로 돌아간 듯, 아니 그보다 더 심한 일이, 그러니까 마리나가 뭔가 절대 용서받을 수 없는 큰 잘못을 저지른 것만 같았다. 거의 모든 아이의 얼굴에 아이펜슬로 눈화장을 하고 립스틱을 바르는 사이 마리나는 아이들에게 새로운 친밀감을 느끼게 되었다. 전에는 이리저리 흩어져 있던 그 무관심한 얼굴들 하나하나, 움직임 없는 슬픈 눈동자들을 이제는 혼동하지 않았다. 놀이를 하면서부터 낱낱이 떨어져 돌아다니던 얼굴들이 이제 아이들 각각의 얼굴로 자리 잡았다. 게으른 얼굴, 피곤한 얼굴, 우유부단한 얼굴, 잔혹한 얼굴. 아이들은 오로지 밤을 위해서만, 놀이를 위해서만 사랑을 간직하고 있다는 것, 그래서 낮 동안의 분노로부터 자신이 보호받는다는 것을 마리나는 알고 있었다.

하지만 쉽지 않은 일이었다. 어느 날 아침 마리나는 책상 위에 '쌍년'이라는 글씨가 쓰여 있는 걸 발견했다. 글자가 다 지워질 때까지 침으로 문질렀지만 결국은 검은 진주 자국이 남았다. 불안한 눈빛, 산토끼처럼 꽁꽁 얼어붙은 얼굴, 한기 때문에 입술이 굳은 채로 마리나가 고개를 들었을 때 아무도 대답하지 않았다. 마리나는 그 말 한마디에 자기 몸이 천천히 부풀어 오르고, 그 말에 모든 게 빨려 들어가는 것 같았다. 옷과 교실, 어른의 두 눈까지 모든 것이. 그 말은 둥둥 떠올랐고 창문 유리에 부딪혀 교실을 빠져나가지 못했다.

밤이 되었을 때 마리나는 다시는 놀이를 하지 않기로 결심하고 있었다. 이불 아래 숨어서 혀를 내밀어 어깨를 핥으며 놀았다. 발이 시렸다. 옥수수 알갱이처럼 단단해진 마리나는 중얼거렸다.

"이제는 놀지 않을 거야."

하지만 그날 밤에도 놀이를 했다. 다시 신호가 들려왔고 인형들이 하나둘 자리에서 일어났다. 깨지기 쉬운 선물을 품고 오는 것만 같았다. 마리나는 소리를 내지 않으려고 숨을 죽였다. 자기가 자고 있다고 믿도록 하려는 것이었다. 하지만 아무도 자리를 떠나지 않았다. 침대 위에 앉을 때 아이들의 무게는 좀 이상했다. 한 아이가 새로 더해질 때마다 용수철이 삐걱댔고 "쉿" 하는 소리가 한 아이에게서 다른 아이에게로 옮겨갔다.

"놀고 싶지 않아."

마리나가 말했다.

인형들은 이불을 들쳤다.

"안 놀 거야, 마리나?"

"안 놀아."

인형들의 얼굴은 그 어느 때보다도 다정했다. 그 얼굴에 담긴 사랑은 모든 걸 흠뻑 적실 듯이 온화하고 세밀했으며 자기만의 비밀을 간직하고 있었다. "너희들이 내 책상에 '쌍년'이라고 썼기 때문에 안 놀 거야"라고 말하는 게 무슨 소용이 있을까? 그 말은 이미 진실이 아니었다. 밤이 되고 인형들의 얼굴에 그 표정이 돌아왔을 때 이전의 그 말은 이미 볼록해지고 구멍이 숭숭 뚫려 더는 공간을 채우지 못하고 구멍 난 대야처럼 텅 비어버렸다.

"놀지 않을래?"

"좋아."

때로는 폭력이 틈을 비집고 놀이 속을 파고들어서 마리나는 놀이를 시작하기가 두려웠다. 하지만 용기를 내 무작위로 지정했다.

"너."

하늘이 뒤집혀 바닥으로 떨어졌다. 인형을 제외한 모든 것이 대롱대롱 매달렸다. 아이들은 눈 깜짝할 새에 옷을 가져왔고 마리나는 인형의 보드라운 몸 위로 그 옷을 입혔다.

오로지 놀이만이 계속되었다. 오로지 그 놀이만이 천천히, 당혹스럽게 계속되었다. 엄숙함을 유지하고, 새로운 아이디어가 놀이를 통해 스며들도록 하는 게 중요했다. 그래서 어느 날 마리나는 식당에서 칼을 훔쳐 왔고 밤이 되자 이렇게 말했다.

"이제 성스러운 칼로 인형의 피를 봐야 해."

그 말을 마쳤을 때 마리나는 그 말이 욕망보다 훨씬 커서 그 욕망과는 전혀 일치하지 않는다고 느꼈다.

"인형이 피를 흘리게 해야 해."

진지하게 다시 말했다.

인형은 예쁘기까지 했다. 안경을 쓰고 있었다. 깨끗하고 범접하기 어려운 그 작은 얼굴은 갓 태어난 짐승의 얼굴 같았다. 인형은 꼼짝않고 있었지만 마리나는 인형이 긴장했다는 걸 느꼈다. 인형의 거친 피부가 추위에 오톨도톨해졌다. 닭살

돋은 피부를 가진 인형.

"지금 우리가 하는 일은 아주 중요한 거야."

마리나는 칼을 인형의 다리 위에 놓았다. 떨고 있던 인형이 몸을 움찔했다. 동그랗고 무거운 눈물을 딱 한 방울 흘렸다. 그리고 신음을 내뱉었다.

"아이!"

"말하면 안 돼. 넌 인형이야."

즉시 피가 솟아 나왔다. 마리나는 그 피 위에 손가락을 하나 올려놓았다. 인형은 창백해졌다.

"이제 인형에게 물을 줘야 해. 목이 마르니까. 너희들 중 하나가 물을 가지러 가야 해."

하지만 아무도 움직이지 않았다.

"내가 명령하는 거야."

아이들은 거기 그대로 있었다. 꼼짝도 하지 않았다. 인형은 피를 흘렸고 기괴한 모습이었다. 아이들은 울고 싶었고 사는 게 부끄러웠다.

"좋아, 그럼 내가 갈게."

마리나는 당당한 걸음걸이로 욕실로 향했고 물컵을 채운 다음 한 방울도 흘리지 않으려고 조심하면서 천천히 걸어 돌아왔다. 방으로 돌아오기 전 멈춰서서 잔 속에 침을 뱉었다. 복수를 위한 것도 분노 때문도 아니었다. 자신이 가진 권력을 고스란히 담아 물에 침을 뱉었고 잠시 그 자리에 서서 이제 인형이 마시게 될 물속의 침을 가만히 지켜보았다.

"마시게 해."

마리나가 명령했다.

인형은 천천히 물을 마신 다음 완전히 창백해지더니 기절해 버렸다. 옆으로 쓰러져 머리가 침대에 부딪혔다. 모두 힘을 합해 인형을 침대로 옮긴 다음 옷을 입혔다.

그날 밤 마리나는 자신이 완전히 탈진된 상태로 예민해진 것을 느꼈다. 마치 무슨 벌이라도 받은 듯이.

우리에게 부끄러운 줄 알라고 했다. 그들은 말했다.

"너희들이 한 짓을 좀 봐!"

그들은 모든 것에 이름을 붙였다.

우리에게 말했다.

"너희들이 한 짓을 봐."

그 이름이 우리를 겁먹게 했다. 어떻게 사물이 이름 하나에 갇혀 영원히 빠져나오지 못할 수 있을까? 이름을 붙이면 모든 게 더 커 보인다. 우린 그걸 몰랐고 그래서 그 놀이를 했다. 우리끼리 이야기했었다.

"그건 좋은 놀이야. 안 그래?"

우리는 모두 연인이었고 놀이는 우리의 사랑이었다. 서랍장에 붙여진 우리 이름 글자들을 보면서 우리는 인형 하나가 색깔 하나라고 상상하곤 했다. 한가지 색깔처럼 살아가고 또 빛난다고. 그런데 우리에게 그들은 말했다.

"너희들이 한 짓을 좀 봐!"

인형이 사악해졌기 때문에 우리는 그 인형을 어떡할 수가 없었다. 하지만 또 인형은 아름다웠다. 인형은 말하곤 했다.

"날 마셔. 날 먹어."

아주 잠시 인형은 예뻤고 최선을 다해 사랑했다. 하지만 뭐든 다 들어주는 대신 기다리게 해야 했다. 원하는 것에 간절함이 묻어날 때까지 기다려야 했다. 인형은 다시 애원했다.

"날 마셔. 날 먹어."

인형은 도대체 어디에서 그런 말을 배웠을까? 우리가 대답하지 않자 인형은 조용해졌다.

그렇게 며칠이 지났다.

그렇게 몇 날의 오후가 지났다.

그 애는 운동장 잔디밭에 누워 풀잎을 꼬며 놀았다. 우리가 줄넘기를 넘는 동안 그 애는 그 이상하고 바보 같은 놀이를 하고 있었다. 정말 멍청한 일 아닌가. 풀잎을 꼬고 있다니. 하지만 그 애는 마치 쉬는 시간 십오 분 동안 운동장의 풀을 모두 꼬아두기라도 해야 하는 것처럼 묵묵히 그 일에 집중했다. 우리는 그 애가 꼬아놓은 풀들을 찾아 뽑아 버렸다. 그리고는 그 애에게 이렇게 말하곤 했다.

"이것 봐, 마리나, 네가 꼰 풀들이야."

그때 그 애의 눈빛은 진지했고 오로지 한곳에 집중해 있었다. 굴복하는 것 말고 달리 방법이 없다는 듯한 그 몸짓. 그 애는 조용히 입을 다물고 있다가 사랑스러울 정도로 부드럽게 속삭이곤 했다.

"그래."

또 어떤 때는 머리가 텅 빈 것처럼 우리가 자기를 둘러싸고 있다는걸, 옆에 계속 있었다는 걸 갑자기 잊어버리는 것 같았다. 밖으로 가만히 펼쳐지는 것 같았다. 화선지처럼, 아주 얇은 옷감처럼.

하지만 깨어나면 다시 애원했다.

"날 마셔. 날 먹어."

우리가 원하는 것을 뭐라 불러야 할지, 그것에는 이름이 없었다. 그렇게 그날이 왔다.

"오늘은 내가 인형 할래."

"마리나, 넌 안돼."

"왜 안돼?"

"안 되니까 안돼."

"난 하고 싶은걸."

"그렇지만 안돼, 넌 안돼."

그러자 마리나의 애원은 입술에 갇혀버렸다. 입술은 희미하게 한 번 씰룩거리더니 오므라들었다. 우리는 여전히 그 소리에서 한발 물러나 있었다. 거기 닿는 게 두려웠다.

"그렇지만 그 놀이는 내가 만든 거야."

"상관없어."

그때 이미 그 애는 인형 같아 보이기 시작했다. 그 애는 매일 우리에게 다가왔다.

"하고 싶어."

"넌 안돼, 넌 안돼."

거부당하는 것은 마리나의 천성에 가까웠다. 놀이가 끝나면 그 애는 햇살 속에 앉아 눈을 감았다. 자신의 존재를 의식하지 못한 채 행복을 호흡했다. 그 애는 또 우리를 완전히 잊은 채 자기만의 휴식 시간을 가졌다. 그러다가 잠에서 깨어나듯 다시 우리가 놀고 있는 쪽을 돌아보면 우리는 그 애를 바라보지 않았던 척했다. 우리는 몸속의 어두운 쾌락을 느꼈다.

힘과 피로감이 뒤섞인 그 무엇이었다. 우리는 그 애가 우리에게 다가오는 순간을 몹시 기다렸다.

"그렇지만 나도 인형 하고 싶어."

계속 고집을 부리면 마침내 얻으리라는 것을, 우리도 어쩔 수 없는 순간이 오리라는 것을 그 애는 알고 있었다. 완전히 새롭게 변화한 모습으로 나타나리라. 손도, 발도, 머리도, 긴장해서 아주 살짝 움츠러든 몸도. 목소리에 비굴함이나 애원은 사라지고 없으리라. 자기 안에서 끔찍한 무언가를 발견하고 더는 두려움도 부끄러움도 느끼지 않는, 자신감이 넘치는 사람처럼.

그 애는 검은 동상 옆 철제 아치에 매달려 그네를 타듯 몸을 흔들기 시작하더니 갑자기 몸 전체가 팽팽하게 긴장했다. 이제 그 애는 결단을 내린 듯 거기 서 있었다. 그 애는 아치에서부터 우리 한가운데로 펄쩍 뛰어들었다. 그 애가 외쳤다.

"날 봐!"

우리는 감히 시선을 들지 못했다.

"날 봐, 이 바보들아아아아아아아!"

뒤로 긴 침묵이 있었고 우리는 바로 그날 밤 일어나게 될 것을 알고 있었다. 우리는 이를 꽉 깨물었다. 그 두려움은 며칠이고 우리와 함께할 것이었다. 하지만 그 이후에도 아무 일도 일어나지 않았다. 오로지 웃음소리와 인사말, 외치는 소리와 이야기 소리가 뒤섞인 혼란뿐. 그 애의 교활한 두 눈은 반쯤 감겨있었고 얼굴은 갑자기 아주 작아졌으며 귀는 가엾은 개처럼 아주 컸다. 그래, 그게 바로 우리가 찾던 것이었다. 인형의 작고 엉성한 몸. 변함없이 밤은 찾아왔다. 우리 모두의 위로 내려앉은 밤이었다. 곧 어른이 올 테고 전등을 끄리라. 마리나와 밤, 그 둘을 비밀스러운 그 무엇이 하나로 만든 것 같았다.

처음엔 들릴 듯 말 듯 한 속삭임이었다. 곧이어 달콤한 목소리가 어둠을 가르며 다가왔다. 마치 우리가 그 노래를 처음 들은 듯, 우리에게 그 노래가 처음 다가온 듯, 아무도 그 노래를 부른 적이 없었던 듯.

신데렐라는 어려서 부모님을 잃고요
계모와 언니들에게 구박을 받았더래요
샤바샤바아이샤바 얼마나 울었을까요
샤바샤바아이샤바 왕자님은 어디 있을까

그렇다. 그때 어둠과 소리가 뒤섞인 그곳에서 우리는 인형의 몸이 정확히 어디에 있는지 알고 있었다. 이제 그 몸은 조용히 기다리고 있었다. 처음으로 우리 호기심 앞에 자기 얼굴을 활짝 열어 보여주었다. 작은 눈썹, 크게 뜬 두 눈, 꼭 다문 다정한 입술, 목덜미에 보드라운 복숭아 피부. 이제 머리칼은 더 검고 더 부드러웠다. 가느다란 머리칼의 매혹, 나무숲 같은 그 머리칼 속을 들여다보는 상상, 만일 우리가 모기만 한 크기라면 그 숲속으로 들어가 볼 수도 있으리라는 그 매혹적인 상상. 너무도 우리 가까이 있었고 또 우리를 좋아했던 그 애에게 이제 막 털어놓으려고 했던 우리의 비밀. 지난 몇 달 동안 멀리서 그저 바라보기만 했던 것을 이제 우리는 가까이서 보고 있었다. 귓바퀴에 둥글게 접힌 피부와 작게 반짝이는 눈꺼풀 살갗, 콧구멍, 목의 매끄러운 피부는 어깨로 내려가면서 굴곡을 만들고 어깨뼈에 다다를 무렵에는 살짝 두꺼워졌다.

"잠옷을 벗겨야 해."

"팬티도?"

"응, 팬티도."

그 애가 오한에 움츠러들었고 거기 갑자기 그 몸이 나타났다. 다리와 팔에서 너무나도 연약한 어떤 것만이 갖는, 조심조심 만져야 하는 예쁜 장난감 같은 부드러움이 느껴졌다. 그리고 그 몸통에서는 뭘 느껴야 할지 알 수 없었다. 두 개의 상반된 생각이 우리를 이쪽에서 저쪽으로 끌고 가는 것만 같았다. 흉터는 거의 보이지 않았고 가슴 아래, 배에 닿기 직전에 작은 구멍이 하나 있었다. 우리는 그게 예쁘다고 생각했다.

"예쁘다." 우리는 말했다. 그때 마리나의 얼굴에 뭔가가 아주 잠깐 차분해지는 것처럼 보였다. 마리나는 머리를 뒤로 젖히고 눈꺼풀을 내리깐 다음 갑자기 활짝 핀 꽃처럼 매혹적인 미소를 지었다.

인형아, 난 한번은 교실에서 오줌을 쌌어. 사람들이 그걸 알았을 때 죽고만 싶었어. 수도 없이 생각했어. 지금 당장 죽어버렸으면 좋겠다고.

얼마간은 그 애 얼굴에 어느 것 하나 차분하지 않았다. 눈과 입술, 코와 입이 모두 함께 있지만 서로 연결되지 않았다. 그 애가 예뻤다는 걸, 우리가 그 애를 좋아했다는 걸 기억하기 위해 그 애를 뚫어지라 바라봐야만 했다. 그건 그 애의 피부에서, 피부 표면에서 시작되었다. 그 애 위에 한 겹 또 한 겹 여러 겹의 피부가 쌓인 듯, 그 애의 촉감이 즉시 무뎌진 듯. 윤기 역시 곧 사라져 버렸다. 우리가 마리나를 만졌을 때 믿을 수 없는 일이 일어났다. 그 애가 갑자기 멀어졌다. 그런데 동시에 여기 그대로 머물러 있었다. 영화에서나 일어날 법한 불가능한 일이었다.

인형아, 난 가끔 이불속에 들어가서, 이런 씨발, 쌍년, 개자식, 개 같은 년 이런 말을 해.

그다음엔 아주 우아하게 눈을 감았고 우리는 그 눈꺼풀 속의 움직임을 뚫어지라 바라보았다. 거기, 전에 눈이 있었던 곳에 지금은 아주 얇은 피부 한 꺼풀이 덮여있었고 두 눈은 말없이 눈꺼풀 속에 갇혀있어 손가락으로 만져볼 수도 있었다. 손으로 건드리면 살짝 쥐가 난 것처럼 움츠러들면서 눈썹에 주름이 졌다. 작은 여름 같았다. 그 안에는 태양이, 작은 크기의 태양이 들어있는 것만 같았다. 우리는 언제나 작은 게 좋았다.

인형아, 나는 꿈속에서 악마를 한 번 본 적이 있어. 내게 가까이 와서 내 다리를 먹어버렸어. 그래서 내 다리가 없어졌어.

그래, 언제나 작은 것들을 좋아했다. 그때 우리는 인형의 몸이 그 어느 때보다 작아진 걸 느꼈다. 그 작은 모습은 너무도 매혹적이었다. 왜냐하면, 작은 것은 우리 손안에 들어오기 때문이다. 그걸 만지고 움직이고 또 무엇에 쓰는 물건인지 알

아맞히고 어떻게 작동하는지도 알아낼 수 있기 때문이다. 누군가 인형의 손을 잡아 그 손으로 인형을 때렸다. 인형은 그 바보 같은 놀이를 받아들였다. 인형이기 때문에 뭐든 그대로 받아들였다. 인형들은 건조하게 텅 빈 채로 말을 적게 하기 때문이었다. 잠들어 몸이 무겁고, 그리고 바보들이었다.

인형아, 네가 왔을 때 나는 너처럼 되고 싶었어. 그래서 널 자세히 봤어. 어느 날 네게로 다가가서 생각했지. 네 옷을 만지면 너처럼 될 거야. 그렇지만 너를 만졌는데도 아무 일도 일어나지 않았어.

하지만 여전히 인형은 약간 저항하고 있었다. 우리가 인형의 손을 잡고 그 손으로 얼굴을 때리려고 하는 순간 인형은 손에서 힘을 빼면서 덜 아프게 때리도록 했다. 여러 번 맞고 난 후에는 눈을 뜨고 단호하게 말했다.

"싫어."

"넌 말하면 안 돼, 넌 인형이야."

인형은 3초 동안 살아났다가는 다시 자기 자신 속으로 갇혀버렸다. 마침내 놀이를 하기로 결심한 듯, 우리가 했던 모든 것들은 단지 시작에 불과했다는 듯. 인형은 다시 눈을 감았다.

인형아, 난 가끔 이렇게 말해. 우리 엄마는 쌍년이야. 그래서 날 버렸어.

그때 무슨 일이 일어났나? 갑자기 놀이가 이상했다. 그 안에서 뭔가 깨져버린 듯, 인형도 우리도 그 어느 것도 간단하지 않은 듯했다. 우리는 인형 입을 크게, 두 눈을 아주 크게 그렸다. 입은 그래야 했으니까, 아주 빨갛고 큰 입. 또 눈은 있는 힘을 다해 아주 검게 그렸다. 연필이 피부 속으로 가라앉는 것에 도취하기라도 한 듯이. 그리고 입술연지는 거의 볼때기까지 닿았다. 그 달콤하고 보드라운 진홍빛 냄새를 한껏 들이마셨다. 인형이 캐러멜 속의 달콤한 액체를 터뜨리기라도 한 듯, 그런데 그 액체가 붉디붉어 우리가 그것을 먹을 수 있을 것 같았다.

인형아, 내가 한 번은 널 때렸어. 근데 무서웠어. 어떤 느낌일지 몰라서.

우리는 서로를 괴롭히기라도 하듯 움직이며 서로 부딪쳤다. 하지만 왜 그런지 알지 못했다. 갑자기 배가 고픈 것 같기도 했고 식사 시간이 된 것 같았고 식사에 등심 산하코보가 나온다는 말을 들은 것 같았다. 우리는 좌불안석이었다. 청각이 깨어나고 손은 긴장했고 우리 자신보다 더 큰 감정이 방

작은 손

을, 침대들을, 우리 이름이 색색 가지로 적힌 옷장들을 감쌌다. 웃어야 할지 알지 못했다. 우리는 즐거웠다. 둥글게 원을 만든 다음 인형 주위를 돌기 시작했다.

인형아, 나는 언제나 부끄러워.

인형은 한쪽 눈, 오른쪽 눈만 조금 뜨고 놀라 바라보았다. 두 손은 조용히 무릎 위에 놓고 기다렸다. 하지만 뭘 기다리는지는 알지 못했다. 우리도 역시 알지 못했다. 오로지 돌아가는 원의 속도, 그리고 뭔가가 용수철처럼 튕겨 나오려고 하고 있다는 것, 확실히 그 원이 점점 더 빨리 돌아 결국에는 너무나 속도를 낸 나머지 공기 속으로 사라져버릴 것이며 우리도 그 원과 함께 사라질 것이고 모든 게 사라지리라는 것, 그것뿐이었다.

인형아, 내가 네 팔과 다리를 분질렀어. 그리고 너를 벌레랑 같이 묻었어.

그때 누가 뛰어들었지? 나였나? 너였나? 누가 빙빙 도는 원의 속도로부터 인형과 우리를 갈라놓았던 그 건조한 공기를 가로질렀던 거지? 제일 먼저 달려든 게 누구였지? 우리는 이제 단지 분노를 느낄 뿐이었다. 이 팔에서 저 팔로, 이 입에서 저 입으로, 모든 게 침이었다. 분노였다. 그래, 우리가 이해할 수 없었던 아이, 우리가 사랑했던 아이, 매끄러운 분홍색 손톱. 누군가는 인형이 소리치지 못하도록 그 입을 막아야 했다. 나였던가? 너였나? 누군가는 인형을 밀어야 했다. 우리가 모두 바닥에 넘어졌고 그 인형 위에 있었으니까. 누군가는 그 인형을 단단히 붙잡아야 했다. 발길질하지 못하도록, 그래서 차분해지도록, 다른 어떤 인형도 그런 적 없을 만큼 차분해지도록, 너무 차분해서 우리가 숨을 돌리기까지 한참이 걸리도록.

인형아, 나는 여러 날을 울었어. 그리고 너를 그리워했어.

우리는 밤새도록 꼼짝않는 그 인형과 놀았다.

그리고는 감사와 기쁨이 넘치는 채로 그 옆에 앉아 한 사람씩 인형의 입술에 아주 천천히 입을 맞추었다. 마치 그 인형을 먹어 치우기라도 하듯.

작품해설

어린 사랑의 양가적 감정

- 성초림

"아빠는 즉사했고 엄마는 병원에서 죽었다."

등장인물의 심리를 밀도 있게 파고드는 독특한 문체로 평단의 찬사를 받아온 스페인의 중견작가 안드레스 바르바 (Andrés Barba, 1975~, 스페인 마드리드)가 2008년 발표한 『작은 손: Las manos pequeñas』은 이렇게 시작한다. 작품 첫머리에서 독자는 교통사고로 부모님을 잃은 일곱 살 소녀 마리나를 만난다. 마리나가 사고에서 깨어나 처음 듣는 말은 "네 아빠는 즉사했고 엄마는 혼수상태야"라는 것이다. 마리나는 그 말이 현실 속에서 내포하는 질량을 한동안 이해하지 못한다. 병원에서 두 달간 회복기를 보낸 후 어떤 이유에서인지 마리나는 보육원으로 보내진다(사건 전개의 개연성이나 어떤 행위의 심리적 원인에 관해 상세한 설명을 생략하고 독자의 상상에 맡겨두는 것이 작가의 서술 전략이다).

보육원 아이들은 자신들과 너무나 다른 마리나의 등장에 당혹해한다. 보육원 담장 밖 사람들의 평범한 일상에 관해 전혀 알지 못하고, 개인의 특성이라거나 추억이 없었던 아이들에게 마리나의 존재는 특별하고도 불가해했다. 아이들은 그런 마리나에게 매혹되지만 동시에 증오심을 느낀다. 아이들은 마리나를 사랑하고 가까이 하고자 하는 동시에 분노를 느끼며 밀쳐낸다. 반면, 자신이 보육원 아이들과 '다르다'라는 사실과 거기에 함유된 힘을 깨달은 마리나가 아이들에게 한밤중 자기들만의 은밀한 인형 놀이를 제안하면서 이야기는 파국으로 치닫는다.

안드레스 바르바Andrés Barba의 독특한 서술 전략

짧지만, 아니 짧아서 더더욱 강렬한 여운을 남기는 이 소설의 저자 안드레스 바르바는 작가이자 번역가, 대본작가, 사진작가 등 다양한 문예 분야에서 활동하고 있다. 마드리드 콤플루텐세 대학교에서 철학을 전공한 바르바는 미국의 프린

스턴 대학교에서 강의하기도 했으며 2023년 현재 소설, 에세이, 시, 문학 비평, 사진, 아동문학 등의 분야에서 약 20여 편 이상의 작품을 발표했고, 그의 작품은 세계 22개 언어로 번역 출판된 바 있다.

안드레스 바르바가 세상에 이름을 알린 것은 2001년 『카티아의 자매: La hermana de Katia』로 에랄데 소설문학상 (Premio Herralde de Novela) 최종 후보에 오르면서이다. 이후 「곧은 마음: La recta intención」과 「비가 그쳤습니다: Ha dejado de llover」(노르드-수드 문학상 수상) 두 편의 단편소설집을 발표했고, 하비에르 몬테스와 공동 집필한 에세이집 『포르노 세레머니: La ceremonia del porno』로 아나그라마 에세이 문학상을 받았으며, 곧이어 『이제 춤곡을 연주하시오: Ahora tocad música de baile』, 『테레사 버전: Versiones de Teresa』(토론테 바예스테르 문학상 수상), 『8월, 10월: Agosto, octubre』, 『어릿광대 앞에서: En presencia de un payaso』, 『빛의 공화국: República luminosa』(에랄데 소설문학상 수상) 등 여섯 편의 소설을 내놓으면서 동시대 문제작가로 자리매김했다.

예술 관련 단체 펠로우십(2016년 영국문화원 및 런던 퀸메리대학교 초청 펠로우십, 2018년 뉴욕공공도서관 컬먼 센터 펠로우십 등)을 비롯한 다양한 경력과 더불어 작가로서 바르바에 관해 이야기할 때 주목해 볼 것은 첫째, 그가 번역가로 활동해 왔다는 사실이다. 그는 조셉 콘래드, 헨리 제임스, 허먼 멜빌, 토마스 드 퀸시, 루이스 캐럴, 레베카 웨스트, 앨런 긴즈버그, J.R. 애커리, 스콧 피츠제럴드, 딜런 토마스, 에드거 리 마스터스 등의 작품을 30여 편 이상 번역하면서 이들에게서 상당한 영향을 받은 것으로 알려졌는데 그중에서도 헨리 제임스의 영향이 두드러진다. 헨리 제임스가 인간 의식을 언어로 형상화한 심리적 리얼리즘의 길을 연 작가이며 작중 인물의 심리적 통찰에 집중했다는 점을 상기해 볼 때 이러한 헨리 제임스의 특성이 안드레스 바르바의 작품세계에서도 분명하게 드러나는 까닭이다. 작가는 한 인터뷰에서 헨리 제임스에 관해 언급하면서 "헨리 제임스의 초기작은 말년의 작품과 상당히 다르다. 나는 나 자신을 헨리 제임스의 범주로 분류한다. 그러니까 매번 다른 영역으로 이동하고자 하는 작가가 되고자 한다는 말이다."[4]는 말로 자신과 헨리 제임스를 연관 짓기도 했다.

둘째, 안드레스 바르바가 비평가들로부터 높은 평가를 받는 지점은 소설의 줄거리 혹은 내용 자체보다도 그것을 전달

---

4) https://eu-china.literaryfestival.eu/interview-with-andres-barba/

하는 방식에서 돋보이는 창의성이다. 『작은 손』의 경우만 하더라도, 사고로 부모를 잃은 아이가 보육원에 보내지고 그곳에서 다른 아이들과 갈등을 겪으며 결국 잔혹한 파국에 이르게 된다는, 어찌 보면 다소 진부한 줄거리를 소재로 아름다운 문학적 자원을 풍부하게 사용하여 작품의 질을 한 차원 높이는 재능을 한껏 발휘했다. 독자가 단순히 단어 하나를 넘어 그 단어가 지칭하는 사물의 의미를 밝혀야 하는 암시적인 상징의 세계를 펼쳐 보였다는 점에서 가히 혁신적인 글쓰기 전략이라 할 수 있다.

셋째, 바르바의 작품 중에서도 주로 짧은 분량의 소설이 더 큰 주목을 받는다는 점이다. 바르바는 많은 단어를 사용하지 않고도 독자의 시선을 사로잡고 전율하게 만드는 작가 중 하나이다. 이 작품에서도 역시 바르바는 시간대조차 설정하지 않은 채 사건 전개에 관한 자세한 설명은 피하면서 이야기를 가지치기해 나가는 동시에 응축하고 있다. 주인공 마리나가 어째서 다른 가족을 찾는 대신 보육원으로 보내졌는지, 보육원에서 마리나의 일상은 정확히 어땠는지에 관한 사실적 묘사는 전혀 없다. 독자에게 주어진 정보라고는 마리나가 급작스럽게 낯선 환경에 놓이게 되었다는 것뿐. 줄거리의 특성상 훨씬 더 상세하게 이야기를 풀어갈 수도 있었겠지만, 작가는 그 모든 과정을 뛰어넘는다. 이는 단순히 단편소설 분량 문제 때문이 아니라 작가 본연의 서술 전략에 속한다. 정보를 고의로 누락시키는 한편, 짧고 간결한 문장들을 지루할 정도로 반복하는 전략을 통해 독자의 상상력이 필요한 부분과 메시지를 분명하게 전달해야 하는 부분을 명확히 구분하는 것이다. 많은 독자가 감상평에 "정보가 너무나 최소한이다", "처음 읽었을 때는 어떤 결말인지 이해하지 못했다"라는 불만 섞인 의견을 표출한 것도 그런 이유에서일 것이다. 작가 자신도 이 작품이 다소 난해하며 간결성이 그 난해함을 더한다는 사실을 인정한다. 하지만 전술한 대로 간결성과 응축, 난해함은 작가의 서술 전략이자 특성이며 이 작품에 매력을 더하는 필수 불가결한 요소다.

덧붙여 이 작품에서 나타나는 또 하나의 독특한 서술 방식은 영화 장면을 연상시키는 내러티브 전개이다. 줄 바꿈도 없고 여백도 없이 곧장 다른 장면으로 전환되거나(사고 현장에서 병실로의 장면 전환이나 보육원 아이들과 영화를 보던 중에 농구 경기로의 장면 전환 등), 두 장면이 중첩되어 서술되는 부분(벌레 에피소드가 심리상담사와의 대화와 중첩되는 장면 등)은 마치 한 편의 영화를 보는 것 같은 효과를 준다. 독자의 관점에서 순간 어리둥절할 수도 있지만 여러 장면이 모여 하나의 줄거리를 구성하는 드라마 같은 서술 방식은 독자의 상상력을 극대화하는 효과를 가져온다.

3인칭 전지적 관찰자 시점 vs. 복수의 1인칭 서술자 시점

스페인어 원작이 100페이지를 조금 넘기는 까닭에 작품 분량만으로 본다면 단편으로 분류하기에 다소 모호한 측면이 있지만, 극단적인 강렬함과 압축성, 의미를 함축하는 간결한 언어 사용 등 단편소설의 특징을 모두 갖추고 있다는 점에서 단편으로 보는 것이 합당하다.

소설은 3부로 구성되어 있다. 도입부에 해당하는 1부와 파국으로 치달으며 마무리되는 3부는 분량이 짧으면서도 극도의 긴장감을 자아내는 작가의 기교가 최고조에 달하는 부분이다. 특히 3부의 경우 사건을 시간적 순서에 따라 서술하는 대신 극적 효과를 극대화하는 방식을 선택하고 있어 독자가 긴장의 끈을 놓지 못하고 사건 전개에 집중하게 된다. 이러한 작가의 기교는 작품의 백미인 동시에 많은 독자에게서 "이해할 수 없었다"라는 불만이 터져 나오게 하는 구실을 제공했다. 반면, 2부는 상대적으로 평이하고 서술적이다.

2부는 다시 네 개의 장으로 구분되는데 2장과 4장은 주인공 마리나의 관점에서 서술되는 반면 1장과 3장에서는 이름을 알 수 없는 새로운 화자가 등장한다. 장을 구분하고 두 명의 다른 화자가 번갈아 서술하는 이런 방식은 하나의 사건에 관한 다양한 관점, 명확히 다른 시선을 제공한다. 먼저 마리나의 관점은 1인칭이 아니라 3인칭의 전지적 관찰자 시점(정확히 전지적이라고도 할 수 없는 것이 작가는 생략, 응축의 전략을 사용하면서 많은 것을 설명하지 않고 넘어가기 때문에 '전지적'이라는 느낌이 들지 않는다)으로 서술된다.

또 다른 화자는 보육원 아이 중 하나이다. 이 화자는 1인칭 시점이지만 복수 인칭 '우리'를 사용하며 익명의 가면 뒤에 숨어 아이들의 복잡한 감정 세계를 잘 드러낸다. 작가의 말대로 복수의 '우리'는 모든 소녀를 대표하는 목소리가 되기 때문이다. 두 명의 화자를 내세워 서술하게 하는 이런 전략은 주인공 마리나가 바라보는 아이들의 모습, 또 아이들이 바라본 마리나의 모습을 교차시켜 비교하는 까닭에 하나의 사건에 대한 서로 상이한 관점을 부각하며 점차로 고조되는 등장인물 간의 심리적 갈등을 긴장감 있게 표현하는 효율적인 수단으로 사용되었을 뿐만 아니라 이야기의 복잡성을 더하고 전체적으로 불안한 분위기를 조성해 냈다.

괴기스러운 성장 소설? 아니, 사랑에 관한 이야기

이 이야기는 1970년대 브라질 리우데자네이루의 한 보육원에서 일어난 실화를 바탕으로 하고 있다. 작가는 위에 인용한 인터뷰에서 "실제 사건은 소설보다 훨씬 더 어둡다"라면서 "그곳에서 아이들이 한 소녀를 살해하고 일주일 동안 시체를 인형처럼 가지고 놀다가 보육원 책임자에게 발각되었다"라고 언급한 바 있다. 줄거리의 기본 윤곽이 이미 잔혹한 사건에 근거하는 까닭에 독자 리뷰에서도 작품의 첫인상에 관해 대부분 '끔찍하다', '괴기스럽다'라는 감상이 주를 이룬다.

어떤 비평가는 바르바가 사용한 기법을 '그랑기뇰grand guignol'이라고 평하기도 했다.[5] 그랑기뇰은 살인이나 강간, 유령 따위를 통하여 관객에게 공포와 전율을 느끼게 하는 연극

---

5) https://crimereads.com/how-andres-barba-turned-a-grisly-real-life-murder-into-a-terrifying-novel/

을 일컫는 말인데 19세기 말 프랑스에서 통속극 풍의 공포극을 상영한 극장의 이름에서 유래했다. 이에 더해 스페인에서 발간된 원작의 뒤표지에서는 장 콕토의 『앙팡 테리블: Les enfants terribles』, 윌리엄 골딩의 『파리 대왕: Lord of the Flies』과의 연관성을 언급하면서 사르트르의 말대로 "생의 폭력적인 시기"라는 유년기의 초상으로 작품을 소개하고 있다. 하지만 실제로 주인공들이 청소년이라는 점을 제외하고는 이들 작품과 아무런 유사점이 없으며 작가 자신도 이 소설을 괴담^{ghost story}으로 분류하는 것을 거부한다.

작가는 이 작품 『작은 손』에 관해 표면적으로 드러나는 것과는 전혀 다른 측면을 지적한다. 위에 언급한 인터뷰에서 작가는 "한 달간 이 이야기를 바탕으로 줄거리를 구성하면서 나는 이 사건이 사실은 사랑으로 인한 것임을 깨달았습니다. 일종의 러브스토리, 그리고 잃어버린 낙원에 관한 이야기이기도 하고요"라면서 "이 작품이 실화에 근거하고 있으므로 많은 해석의 여지가 있을 수 있지만, 기본적으로 저는 이 작품을 사랑에 관한 이야기라고 말하고 싶습니다. 타자에 대한 매혹, 나와 대척점에 선 존재를 사랑하는 것에 관한 이야기라고 말입니다"라고 자신의 의견을 명확히 하고 있다. 전체 분위기가 어둡고 침울한 까닭에 처음 읽을 때 쉽게 의식하지 못할 수도 있지만 실제로 작품에서는 '사랑'이라는 말, '좋아한다'라는 말이 매우 빈번하게 등장한다.

잔혹한 결말에서도 알 수 있듯이 이 작품에서 이야기하는 사랑은 기쁨과 환희의 감정은 아니다. 의심과 공포, 모순에서 태어나는, 그래서 역설적으로 표현되고야 마는 사랑이다. 이런 사랑은 양면성을 지니고 있다. 문학에서 사랑의 양면성은 사랑에 대한 상반된 감정이나 태도를 동시에 경험하는 것을 말한다. 이는 긍정적 감정과 부정적 감정, 매력과 반발, 기쁨과 슬픔을 모두 아우를 수 있는 사랑의 복잡성과 다차원적 특성을 반영한다. 보육원 아이들과 마리나의 관계에서 나타나는 이런 사랑의 양가적 감정은 작품의 중심 주제가 된다.

"그것 말고는 달리 사랑하는 방법을 몰랐다."

– 서툰 사랑의 시작

사고로 인한 부상에서 회복한 마리나는 보육원으로 보내진다. 새로운 아이가 온다는 소식을 접한 보육원 아이들은 마리나를 기다리며 설렘을 느낀다. 자신들의 단조로운 삶에 불쑥 등장한 '새로운' 존재에 이미 매료되었기 때문이다. 마리나를 향하는 애정의 시작이다. 하지만 아이들의 사랑은 서툴고 방법을 모른다. 게다가 그 사랑은 묘한 균열을 일으킨다. 균질성, 동일성 속에 머물러 행복하기만 했던 아이들의 삶에 마리나라는 미지의 요소가 등장하자 아이들의 일상은 흔들리고 변화를 겪는다. 알지 못하는 것에 대한 매혹은 근본적으로 불확실성에 대한 두려움을 동반하고 있기 때문이다.

마리나가 아직 오지 않았을 때, 처음에, 우리는 먼저 그 아이에 대해 짐작하기 시작했다.
그것 말고는 달리 사랑하는 방법을 몰랐다.
그 아이를 위한 자리를 마련하면서 우리는 한껏 펼친 상상의 나래 속에 나타난 그 아이의 모습을 사랑했다. 누군가는 그 아이가 키가 클 거라고 했고 또 누군가는 우리만 한 아이일 거라고 했다. 누군가는 예쁠 거라고 했고 또 누군가는 아니라고 했다.
바로 거기, 그 지점에서 마리나는 이미 첫 번째 승리를 거두었다. 우리는 이제 더 이상 똑같지 않았다.

"그런데 마리나는?"

- 소통에의 욕망

그런데 막상 보육원에 나타난 마리나는 많이 '다르다'. 마리나는 자신들이 갖지 못한 과거의 삶, 다양한 삶의 경험이 있다. 그 때문에 아이들은 자신들과는 아주 많이 '다른' 마리나를 사랑하면서도 이해할 수 없다. 더 나아가 자신들과 '다른' 마리나의 등장은 아이들이 서로 간의 차이를 깨닫게 되는 단초로 작용한다. 마리나의 등장은 낙원에 나타난 이브와도 같다. 서로 비교하며 분별심이 생긴 아이들은 이제 낙원을 잃어버렸고 분별과 비교를 몰랐을 때의 평화로운 낙원으로 다시 돌아갈 수 없다.

비교하는 것을 몰랐을 때는 슬픔을 알지 못했었다.
모든 건 거기에서 시작되었다, 어떤 균열처럼, 바로 그 흉터로부터.

처음에 보육원 아이들은 마리나를 무리에 포함하고 소통하려고 시도한다. 마리나가 자신들과 공감대를 갖고 섞여들기를 바라는 것이다. 하지만 마리나가 가진 삶의 경험, 마리나의 이질적 언어는 소통의 장벽으로 작용한다. 아이들은 아이들대로, 마리나는 마리나대로 소통에 대한 열망에서 좌절하고 고립감을 느낀다. 마리나와 소통하려는 아이들의 시도는 여러 에피소드에서 등장한다. 일례로, 영화를 함께 보고 나서 아이들은 마리나에게 함께 본 영화의 감상을 묻는다. 영화를 본 후 이야기를 나누는 것은 아이들을 '하나로 모으는 사랑의 행위'였다. 하지만 마리나도 자신들처럼 영화에 깊은 감명을 받았으리라고 생각했던 아이들에게 마리나는 전혀 예상치 못한 답을 들려준다. 아이들은 당황한다.

"난 그 영화 벌써 영화관에서 봤어. 누가 나쁜 놈인지 알고 있어서 좀 별로였어. 원래 두 번째 보면 시시하잖아."
갑자기 우리는 어찌할 바를 몰랐다. 마리나는 이미 모든 영화를 본 것만 같았다. 이미 모든 소풍을 다녀왔고 모든 놀이를 해보았던 것만 같았다. 마리나의 지난 추억에는 잔혹한 데가 있었다. 얼마나 많은 걸 경험해본 걸까….

자신들에게 공감하지 않는 존재, 과거에 쌓아온 경험으로 인해 자신들과 '하나로' 모일 수 없는 존재. 물리적으로나 감정적으로 동질의 집단인 보육원 아이들은 자신들과 '다른' 존재에 감탄하는 동시에 달라서 '하나'가 될 수 없는 마리나에 대해 불신과 거부감을 드러낸다. 사랑의 감정은 쉽사리 증오와 분노로 변한다. 아이들은 마리나의 가족, 경험의 이야기를 듣고 싶어 하는 한편으로 자신들이 갖지 못한 것을 가진 아이를 미워한다. 보육원 아이들의 이런 양가적인 감정은 마리나가 자신에게 무슨 일이 벌어질지 예측할 수 없게 만든다. 결과적으로 마리나는 끊임없이 아이들을 경계하게 되고 또다시 소통은 좌절된다.

분명한 것은 마리나에 대한 소녀들의 사랑이 알지 못했던 삶을 동경하는 데서 비롯되었다는 것이다. 추억의 부재에 대한 아이들의 트라우마가 마리나를 향한 애정과 결합하면서 증오가 되어버린 것이다. 마리나를 향하는 이런 양면적 감정은 추억을 가진 마리나를 질투하면서 동시에 그 추억에 대해 알고 싶은 마음, 가까이하고 싶으면서도 밀어내는 마음으로 표현된다. 작품 전반에 걸쳐 아이들의 마리나를 향한 사랑의 감정은 반복적으로 끊임없이 언급된다. 하지만 그 감정은 역설적이게도 매번 마리나에 대한 사소한 폭력과 배제로 이어진다.

"그리고 여름에는 해변에 갔었어. 거기엔 친구가 아주 많았어. 어느 날엔가는 배를 타고 여행을 떠난 적도 있었어."

다시 누군가가 머리칼을 잡아당기는 걸 느낀 마리나의 얼굴이 구겨졌고 눈빛에는 잠시 숨 가쁜 웅얼거림이 스쳐 갔다. (…)

그때 우리는 남몰래 마리나를 좋아했었다. (…) 우리는 다소간 그 애를, 그 애의 몸과 그 애의 추억을 사랑하게 된 것 같았다. 마리나는 우리의 사랑을 이해하지 못했다. 모든 일에 고개를 끄덕일 줄만 알았다. 그게 전부였다.

"우리는 이렇게 말하고 싶었다. 우리를 좀 봐달라고 그런 거야."

- 인형과 마리나

작품에 등장하는 많은 상징(넘치는 상징과 은유에 주의를 기울이며 읽는 것 역시 독서에 큰 즐거움을 줄 수 있다. 서두부터 계속 등장하는 '말'이 갖는 힘, 인형과 애벌레, 그리고 손이 무엇을 상징하는지 생각해 볼 필요가 있다) 중에서 가장 큰 비중을 차지하는 것은 '인형'이다. 마리나에게 인형은 동반자일 뿐만 아니라 내면에 쌓인 슬픔을 분출할 수 있는 유일한 도구이다. 마리나는 인형에게 자신의 이름을 붙여준다. 자신과 동일시하는 것이다. 또 자신의 희망을 인형에 대입시

켜 말하는 경우가 많다. 아이들 역시 마리나를 향한 사랑을 인형에게로 우회적으로 표현하기도 한다. 보육원 아이들은 처음부터 인형에 끌리고, 이해하고 싶어한다(마리나에게 그러는 것처럼). 마리나에게서와는 달리 인형에게서는 동질성을 찾을 수 있었기 때문에 더욱 그렇다.

마리나는 혼자, 인형을 손에 들고 성녀 안나의 동상 옆에서 우리를 바라보고 있었다. 아니면 우리를 바라보던 게 인형이었던가? 인형은 실제로 누구였을까? 때로 인형의 시선도 마리나 같았다. (⋯) 심지어는 인형의 얼굴마저도 우리 얼굴과 같았다. 하지만 깜짝 놀란 것처럼 경계심을 가득 품고 있었다. (⋯) 쉽사리 사랑할 것만 같은 그 작은 생명체. 갑자기 모든 게 인형을 통해 우리에게로 왔다. 그 순진함까지도. 왜냐하면, 우리는 인형과 닮았고 또 인형은 우리를 닮았기 때문이었다.

하지만 인형은 긴장의 근원이 되기도 하고, 아이들과 마리나 사이 관계의 섬뜩하고 당황스러운 본질을 대변하기도 한다. 아이들이 인형에게 가하는 폭력은 사실 마리나를 향한 사랑의 왜곡된 표현이다. 실제로 아이들은 마리나에게서 인형을 빼앗아 사지를 절단해 묻어버리는데 아이들의 인형에 대한 태도는 마리나에 대한 태도를 직접적으로 암시한다고 불수 있다. 아이들은 인형을 사랑하기도 하고 질투하고 미워하기도 한다. 마리나에게로 향하는 사랑과 또 한편으로 상처 입히고 싶은 욕구가 인형을 향한다. 잔혹한 결말은 이미 여기에서부터 예고되어 있다.

어느 수요일 밤 우리는 마리나 몰래 인형을 훔쳐냈다. 마리나는 공포에 질린 채 잠에서 깨어났다. 이제 마리나도 우리처럼 무방비 상태였다. (…)
"돌려줘, 내 인형 돌려줘" 마리나가 말했다.
그래서 다리 하나를 돌려주었다. 우리가 부러뜨린 다리였다.
"가져."
우리는 이렇게 말하고 싶었다. 우리를 좀 봐달라고 그런 거야.
이제 다시 그 애를 사랑하는 건 아주 쉬운 일이었다. 사랑은 심지어 아주 오래된, 늘 있었던 일이었다.

아이들은 자신들 사랑의 본질을 어렴풋이 알고 있다. 자신들이 느끼는 사랑의 양가적 감정이 유발하는 슬픔, 그로 인해 갈등하는 마음, "어찌할 바 몰라 울며 방황하는" 자신들의 마음을 인지하고 스스로를 '나쁜 마녀'라고 자책한다.

마치 저주처럼 분노가 우리를 괴롭혔다. 갑작스럽게 닥친 저주였다. 나쁜 마녀의 씁쓸한 저주. 어쩌면 나쁜 마녀도 우리처럼 누군가를 좋아했는지도 모른다. 그리고 그 사랑을 어찌할 바 몰라 울며 방황했는지도 모른다. 어쩌면 증오 아래에는 사랑을 노래하는 작은 오케스트라가 있어서 그것 때문에 마녀는 숨이 막혔고 기차에서 창밖을 내다보듯 그 사랑의 어둠을 응시하고 있었는지도 모른다. 사랑에 괴로워하는 가엾은 나쁜 마녀.

"이제는 낮도 없을 것이다. 이제는 밤도 없을 것이다."
                                    – 이분법적 구도의 해체

작품의 구조를 지탱하는 기본 구도는 이분법 혹은 이원성 duality이다. 마리나 vs. 보육원 아이들, 보육원 안 vs. 밖의 대립적 구도, 3인칭 전지적 시점 vs. 1인칭 복수 시점을 통한 대비와 더불어 가장 두드러진 것은 낮과 밤의 대비이다. 낮 동안 도저히 분간할 수 없을 만큼 똑같았던 아이들의 얼굴이 밤에는 달라진다. 이 시간에 아이들은 개개인의 트라우마가 느껴질 정도로 개별성을 회복한다. 아이들은 밤에만 정체성을 되찾는다. 그리고 마리나를 향한 사랑도 밤에 피어난다.

잠들었을 때 아이들의 모습은 달랐다.
(…) 그 얼굴들 속에서 낮 동안 보이는 얼굴들과는 전혀 상관없는 또 다른 얼굴들, 훨씬 더 완성되고 특별한 얼굴들이 떠오른다는 느낌을 받았다. (…) 그래도 아주 조심스럽게 머리를 베개에 기대고 그 아이의 숨결을 느꼈다.
그건 아픔이었다. 정확히 그 아이의 아픔이었다.

반면 낮은 현실이 지배하는 시간이다. 잔혹하고 저속하며 불편한 현실 세계. 낮에 아이들은 모두 똑같은 모습을 하고 있다. 그 균질성은 곧 자신들과는 '다른' 마리나를 향한 증오와 분노로 이어진다. 보육원 아이들의 마리나를 향한 한낮의 증오와 밤 동안의 사랑은 동전의 양면과도 같다.

왜 낮 동안에는 달랐을까? 잠에서 깨면 모두 부끄러움에 휩싸이고 그 부끄러움이 분노를 유발하는 것 같았다. (…)

낮 동안의 생활은 당혹스러울 정도로 밤과는 아주 다르게 시작되곤 했다. (⋯) 놀이의 달콤함 뒤에 남는 건 오로지 그 이해할 수 없는 적대감뿐이었다. (⋯) 수업에 들어간 아이들에게서도 침묵 속에 분노는 계속되었다. 마리나가 누군가에게 연필이나 지우개를 빌려달라고 하면 모두는 그 말을 완전히 무시했다. 한낮의 증오와 밤 동안의 사랑은 동전의 양면인 것만 같았다.

그런데 밤과 낮이 대립하는 이러한 이분법적 구도는 마리나가 자신은 "다르다"라는 것을 깨닫는 시점에서 아주 서서히 해체되기 시작한다. 마리나와 아이들의 첨예한 힘의 균형이 깨지는 지점이다. 팽팽했던 대립의 무게추가 밤으로 기운다. 마리나가 아이들에게 놀이를 제안하고 아이들이 모두 놀이에 참여하면서 권력의 축은 마리나에게로 기울고 대립 구도는 급격히 무너진다.

바로 이 순간 마리나는 뭔가 알게 된다. 나는 다르다는 것.
(⋯)
그런데 곧 그 깨달음이 너무 커져서 마리나가 그 깨달음에 압

도당하게 된다면? 그때는 다른 소녀들의 우위에 설 수 있게 될 것이다. 이제는 낮도 없을 것이다. 이제는 밤도 없을 것이다. 그 깨달음을 통해 운명이 말하는 대로 움직일 것이다.

"모든 건 동물원에서 시작되었다."
　　　　　　　　　 – 세상을 지배하는 폭력에의 깨달음

아이들의 인형 놀이는 사실 동물원에서 시작되었다고 보아야 한다. 작품 속에서 동물원은 사회의 본질과 권력관계를 반영하는 공간으로 작용한다. 작가는 아이들이 한밤의 인형 놀이를 시작하기 전에 미리 동물원을 무대로 삼아 권력 역학 관계와 인간관계에 내재한 잔인함을 암시하고 있다.

갇힌 동물들은 억압과 자유의 부재, 곧 보육원 아이들을 상징한다고도 볼 수 있다. 그런데 철창 뒤에 동물들은 약하고 억압받는 것 같지만 사실 그 모습은 기만이며 언제라도 피 비린내를 풍길 수 있는 잔혹성을 숨기고 있다. 아이들이 그런 것처럼 말이다. 아이들은 어른들이 아름답다고 했던 호랑이가 사실은 살육의 가능성을 지닌 동물임을 깨닫는다. 동물원에서의 그 깨달음은 아이들 머리에 오래 남는다.

호랑이들은 담쟁이넝쿨처럼 날고기 주위로 휘감겨 들었다. 호랑이들의 등뼈가 고기 한 덩이에, 그 분노 위에 하나로 모여 마치 신화에 등장하는 머리가 셋 달린 짐승이 고기를 먹고 있는 것 같았다. 주둥이는 피투성이가 되었다. 호랑이가 아름답다고 했던 말, 어른들이 우리에게 했던 그 말은 거짓말이었다.

돌아오는 버스 안에서 우리는 노래를 불렀지만, 여전히 호랑이의 피 묻은 주둥이와 늑대의 송곳니, 사람이 되고 싶지만 그럴 수 없어서 낙담한 원숭이와 코끼리 냄새, 플라스틱처럼 반짝이던 돌고래 가죽을 보고 있었다.

마리나는 자신의 트라우마와 상실감을 극복하는 방법으로 아이들에게 놀이를 제안한다. 이 불안한 놀이는 마리나에게 일종의 심리적 도피처가 되어 부모의 죽음과 보육원에서의 경험을 둘러싼 복잡한 감정을 탐색할 수 있게 해주는데 마리나가 놀이를 제안한 것은 보육원이라는 낯설고 예측할 수 없으며 불안정한 환경에서 통제력을 되찾으려는 시도로 해석할 수 있다. 마리나는 놀이를 통해 규칙이 명확한, 체계적이고 의식적인 환경을 만들어 자신을 둘러싼 보육원 아이들의 감정적 혼란에서 일시적으로 벗어나고자 한다. 다른 한 편으로, 마리나의 행동은 다른 아이들과 소통하려는 시도로도 볼 수 있다. 마리나는 놀이를 제안하면서 불안하고 색다른 경험을 통해 아이들을 향해 손을 내밀고 공유된 경험을 구축하려고 노력한다.

하지만 놀이의 역학 관계는 보육원이라는 한정된 공간에서 아이들 개개인의 트라우마를 상기시킨다. 결과적으로 한밤중 아이들의 인형 놀이는 예상치 않게 아이들이 잊고 있던 상실의 트라우마를 털어놓는 장場으로 기능한다. 놀이의 규칙은 "인형도 우리에게 착하게 굴고 우리도 인형한테 착하게 굴 거야", "매일 밤 모두 다 인형이랑 놀 수 있어. 뽀뽀해도 되고 비밀을 말할 수도 있어. 인형은 우리를 바라보고 우리 이야기를 들을 거야. 우리를 좋아하니까, 그리고 우리도 인형을 좋아하니까"라는 것이다. 아이들은 인형(그러니까 인형 역할을 하게 된 아이)에게 애착 관계를 형성하고, 이런 애착 관계는 내면에 잊힌 채 숨겨졌던 상처와 갈등을 표면으로 분출하는 통로가 된다. 아이들은 놀이에서 인형에게 이렇게 털어놓는다.

인형아, 난 한번은 교실에서 오줌을 쌌어. 사람들이 그걸 알았을 때 죽고만 싶었어. 수도 없이 생각했어. 지금 당장 죽어버렸으면 좋겠다고. (…)

인형아, 네가 왔을 때 나는 너처럼 되고 싶었어. 그래서 널 자세히 봤어. 어느 날 네게로 다가가서 생각했지. 네 옷을 만지면 너처럼 될 거야. 그렇지만 너를 만졌는데도 아무 일도 일어나지 않았어. (…)

인형아, 난 가끔 이렇게 말해. 우리 엄마는 쌍년이야, 그래서 날 버렸어. (…)

인형아, 내가 네 팔과 다리를 분질렀어. 그리고 너를 벌레랑 같이 묻었어.

인형이 된 마리나의 귀에 아이들이 자신들의 상실과 아픔, 마리나에 대한 사랑과 자신들이 저지른 잘못을 속삭이며 고백하는 사이사이로 천천히 카메라가 돌아가듯 아이들의 놀이는 계속되며 이야기는 비극적 결말을 향한다. 서툰 사랑, 그 혼돈의 감정 속에서 진심을 전달하지 못해 좌절하는 아이들, 무기력한 자신에 대한 실망감을 상대를 향한 폭력으로밖에 표현할 수 없는, 그 이외의 방식을 알지 못하는 미숙하고 안타까운 사랑이다.

그때처럼 마리나가 멀리 있었던 적은 없었다. 마리나는 그 자리에 없었다. 만일 우리가 아직 동물원에 있었다면 이렇게 말할 수 있었을지도 모른다. "우리는 네가 누구인지 알고 있어, 마리나. 네 아빠가 사고로 죽었고 네 엄마는 병원에서 죽었다는 거 알고 있어. 네가 슬프다는 거 알고 있어, 그리고 네가 우리를 좋아한다는 것도 알고 있어."

모호한 결말? 명백한 파국

하나, 마리나가 두 동강 낸 애벌레를 다른 애벌레들이 에워싼다. 그리고 그런 마리나를 둘러싸고 꼼짝 못 하게 하는 아이들 얼굴에는 애벌레 얼굴에 있는 검은 표식 같은 얼룩이 보인다. 반 토막 낸 애벌레를 땅에 묻으면서 마리나는 "어떤 사랑의 물리적 행위가 얼마나 난폭해질 수 있는지 어렴풋이 깨달아서" 흠칫 놀란다.

둘, 아이들은 마리나가 자신들에게 다가오게 만들려고 마리나가 아끼는 인형을 사지 절단해 땅에 묻고는 마리나에게 부러진 다리를 하나 던져준다. 인형의 이름도 마리나이다.

셋, "실제로는 나쁜 놈인데 철창 뒤에 갇혀 착하게만 보이는 늑대"는 "다른 동물의 살을 파고들라고 만들어진 그 새하얀 송곳니"를 가지고 있다. 늑대는 철창 뒤에서 길들었지만 언제라도 덮치고 싶어 하는 눈빛이다. 보육원의 보이지 않는 철창에 갇혀 억압된 삶을 살았던 아이들에게 늑대의 모습은 오래도록 기억에 남는다.

또 있다. 먹이를 둘러싸고 물어뜯는 호랑이들의 피 묻은 주둥이. 어른들이 호랑이가 아름답다고 했던 말은 거짓이라는 걸 아이들은 깨닫는다.

작품 내내 파국으로 치달을 것을 예고하는 상징은 차고 넘친다. 작품의 결말은 명확히 암시되어 있다. 다만 극도로 절제된 묘사 때문에 그 과정을 완벽하게 재구성하기 위해서는 상상력이 필요하다. 실제로 정확히 어떤 일이 일어난 것일까 궁금해하는 독자가 많을 것이다. 하지만 작품 전반에 걸쳐 나타나는 작가의 서술 전략을 상기해 보면 구체적인 줄거리가 드러나지 않는 것이 당연하다. 그럼에도 불구하고 작품의 마지막 단락은 독자에게 대단원을 충분히 상상할 수 있도록 이끈다.

그때 누가 뛰어들었지? 나였나? 너였나? 누가 빙빙 도는 원의 속도로부터 인형과 우리를 갈라놓았던 그 건조한 공기를 가로질렀던 거지? 제일 먼저 달려든 게 누구였지? 우리는 이제 단지 분노를 느낄 뿐이었다. 이 팔에서 저 팔로, 이 입에서 저 입으로, 모든 게 침이었다. 분노였다. 그래, 우리가 이해할 수 없었던 아이, 우리가 사랑했던 아이, 매끄러운 분홍색 손톱. 누군가는 인형이 소리치지 못하도록 그 입을 막아야 했다. 나였던가? 너였나? 누군가는 인형을 밀어야 했다. 우리가 모두 바닥에 넘어졌고 그 인형 위에 있었으니까. 누군가는 그 인형을 단단히 붙잡아야 했다. 발길질하지 못하도록, 그래서 차분해지도록, 다른 어떤 인형도 그런 적 없을 만큼 차분해지도록, 너무 차분해서 우리가 숨을 돌리기까지 한참이 걸리도록.

인형아, 나는 여러 날을 울었어. 그리고 너를 그리워했어.

우리는 밤새도록 꼼짝 않는 그 인형과 놀았다.

그리고는 감사와 기쁨이 넘치는 채로 그 옆에 앉아 한 사람씩 인형의 입술에 아주 천천히 입을 맞추었다. 마치 그 인형을 먹어치우기라도 하듯.

옮긴이의 말

작가 자신이 '사랑에 관한 이야기'라고 강변하고 있기는 해도 적개심과 폭력이 넘치는 이 어두운 소설에서 누군가를 향한 애틋한 마음과 좌절감, 마음을 소유할 수 없어 생겨나는 분노와 증오를 사랑으로 읽은 것은 옮긴이의 지극히 개인적인 견해일 수 있다. 독자들은 어린 시절의 어두운 본성, 상실이 초래하는 심리적 갈등과 트라우마가 감정에 작용하는 방식에 주목할 수도 있고 줄거리에 등장하는 사물(혹은 생물) 하나하나가 내포하는 상징이 내러티브의 층위를 더하는 데 끌릴 수도 있다. 해석의 가능성은 무궁무진하다. 무엇보다도 번역에 앞서 한 번, 번역하느라 또 한 번, 작품 해설을 쓰느라 서너 번, 이렇게 몇 차례 읽을 때마다 새로운 상징과 의미, 새로운 해석의 가능성을 발견하게 되는 신기한 경험을 했다. 그것은 읽을수록 꼬리에 꼬리를 무는 연상과 복잡하고 설명할 길 없는 심리에 관한 탐구에서 매번 새로운 생각의 단서를 발견했기 때문이리라.

일부 독자에게는 이야기의 내용이 아주 유쾌하지만은 않을 것이고, 작가의 색다른 접근 방식이 모든 독자에게 어필하지 못할 수도 있다. 사실 이 작품에 관한 독자의 반응은 매우 다양하며, 어떤 독자는 인간 경험에 대한 심오하고 감동적인 탐구를 발견하는 반면, 또 다른 독자는 잔혹함이 주는 불편한 감정을 호소하기도 한다.

나는 이 작품의 매력이 바로 거기에 있다고 생각한다. 누군가에게는 한없이 아름답고도 안타까운, 혹독한 사랑의 이야기지만 또 다른 누군가에게는 인간 내면의 불안하고 쓸쓸한 본성을 보여주는 불편한 이야기라는 점. 서로 다른 수만 개의 방식으로 읽어낼 수 있는 작품이라는 점 말이다. 비평가들의 해석마저도 천편일률적이지 않고 사방으로 흩어진다. 다만 지극히 아름다운 서술, 폐부를 찌르는 듯 적확한 비유(아이의 입술 옆에 붙은 국수를 벌레에 비유한 것을 읽었을 때는 감탄이 절로 나왔다), 표면적으로 피비린내 나는 잔혹한 줄거리를 동심과 엇갈린 사랑에 관한 시적 명상으로 승화시켰다는 점에서는 모두의 의견이 일치한다.

아름답고 슬픈 서정시를 오래도록 음미하면서 읽은 느낌이다. 잔잔하던 물결에 갑자기 파고가 높아지다가 폭풍우가 몰아치기 시작했던 것 같은 느낌. 번역 작업 내내 나도 모르게 점점 빨라지는 그 리듬에 몸을 맡기며 숨 가빠했다.

오래도록 머릿속에, 마음에 남을 작품을 만났다.

작은 손
Las manos pequeñas

1판 1쇄 2024년 9월 25일
ISBN 979-11-92667-21-8 (03870)

저자 안드레스 바르바
번역 성초림
편집 김효진
교정 이수정
제작 재영 P&B
디자인 우주상자
펴낸곳 마르코폴로
등록 제2021-000005호
주소 세종시 다솜1로9
이메일 laissez@gmail.com
페이스북 www.facebook.com/marco.polo.livre